LA FILLE

DE

L'AVEUGLE

PAR

C.-B. NOISY

ROUEN

MAISON MÉGARD ET Cie, ÉDITEURS

E. VIMONT, EX-ASSOCIÉ, SUCCESSEUR

BIBLIOTHÈQUE MORALE

DE

LA JEUNESSE

PUBLIÉE

AVEC APPROBATION

Mégard & Cie.   aLa fille de l'aveugle.

Marie Valentine tendait timidement la main aux passants
ne demandant rien, ne disant rien mais suffoquant de sanglots
et montrant son père. *(Chap. VIII).*

LA FILLE

DE

L'AVEUGLE

PAR

C.-B. NOISY

ROUEN

MÉGARD ET Cie, LIBRAIRES-ÉDITEURS

1863

Propriété des Éditeurs,

Avis des Éditeurs.

——◆——

Les Éditeurs de la **Bibliothèque morale de la Jeunesse** ont pris tout à fait au sérieux le titre qu'ils ont choisi pour le donner à cette collection de bons livres. Ils regardent comme une obligation rigoureuse de ne rien négliger pour le justifier dans toute sa signification et toute son étendue.

Aucun livre ne sortira de leurs presses, pour entrer dans cette collection, qu'il n'ait été au pralable élu et examiné attentivement, non-seulement par les Éditeurs, mais encore par les personnes les plus compétentes et les plus éclairées. Pour cet examen, ils auront recours particulièrement à des Ecclésiastiques. C'est à eux, avant tout, qu'est confié le salut de l'Enfance, et, plus que qui que ce soit, ils sont capables de découvrir ce qui, le moins du monde, pourrait offrir quelque danger dans les publications destinées spécialement à la Jeunesse chrétienne.

Aussi tous les Ouvrages composant la **Bibliothèque morale de la Jeunesse** sont-ils revus et approuvés par un Comité d'Ecclésiastiques nommé à cet effet par Monseigneur l'Archevêque de Rouen. C'est assez dire que les écoles et les familles chrétiennes trouveront dans notre collection toutes les garanties désirables, et que nous ferons tout pour justifier et accroître la confiance dont elle est déjà l'objet.

◆

LA FILLE

DE L'AVEUGLE.

I.

Par un beau soir du mois d'août 1820, une troupe de bateleurs bohémiens se rendant à Strasbourg s'arrêta dans un petit village à trente-deux kilomètres environ de la ville.

— Il faut gagner à souper ici, dit le chef de la troupe en s'élançant de la lourde voiture, sorte de maison roulante, où vivait la famille des bateleurs, famille composée du père, de la mère et de onze enfants.

On fit halte sur la place publique, devant l'église du hameau. En un instant un tapis troué partout fut étendu sur le sol, tout l'attirail fut préparé, les costumes de taffetas jaune à paillettes noircies endossés, et tout le monde se mit à l'œuvre.

Tout le monde, entendons-nous, tous ceux qui avaient l'âge ou la force de travailler, comme disait gravement le père de famille. Or, neuf enfants, dont l'aîné était un jeune homme de dix-neuf à vingt ans et le dernier une charmante petite fille de cinq à six, donnèrent avec le père la représentation, tandis qu'une femme toute jeune encore, grande, maigre, mince, au visage flétri, s'assit à l'un des bouts du tapis, deux petites filles de huit à dix mois sur les genoux.

Cependant les malheureux comédiens imaginaient toutes sortes de singeries et de contorsions : les uns étaient montés sur de hautes échasses et dansaient en jouant de la trompette et du tambourin, les autres faisaient des cabrioles et des équilibres, s'écartelant les membres ou se ployant le corps en arrière comme un cercle de jonc et comme de pauvres désossés ; le grand jeune homme marchait sur la tête et buvait dans cette position ; la petite fille tournait sur elle-même avec des épées dans la bouche.... C'était à faire pitié !...

Tous les habitants du village étaient accourus sur la place au premier son du tambour. C'était chose si rare, si rare, d'avoir comédie, spectacle dans l'humble hameau ! et tous riaient aux éclats, claquaient des mains, se pressaient, se heurtaient, se coudoyaient, se disputaient, se battaient pour mieux voir. Les fenêtres et le seuil de toutes les cabanes étaient garnis de vieillards

et d'enfants. Il y avait si longtemps qu'il n'y avait
eu pareille fête !

— C'est pourtant dommage qu'on fasse tant de
bruit aujourd'hui, observa une bonne petite
vieille en tirant la cotte rouge et noire de sa
voisine pour appeler son attention. Pierre Morin,
lui, n'est pas bien en train de se réjouir. Oh !
tiens, regarde, il a tout fermé chez lui, même
la fenêtre près du grabat où gît la pauvre
morte.

— Dame ! il peut bien pleurer, Pierre Morin,
il perd gros en perdant la Joliette, répondit la
commère interpellée en se tournant vers la cabane
qu'on lui désignait.

Cette cabane, c'était la plus humble, la plus
pauvre de tout le hameau, de tout le canton
peut-être.

— Et leur petite Marie, que va-t-elle devenir ?
reprit la première. En voilà une belle enfant ! et
que sa mère en était fière !...

— Trop fière peut-être, puisque le bon Dieu
l'a retirée du monde, la pauvre chère femme, et
qu'elle n'a pas vu grandir l'enfant qui faisait son
orgueil.

— C'est égal, jalousie à part ; car toutes les
mères étaient un peu jalouses de la Joliette au
village, et moi peut-être comme les autres ; jalousie à part, c'est bien malheureux de mourir
quand on a à peine vingt ans, un bon mari, et
enfin une enfant après plus de quatre ans de ménage. Depuis que ce pauvre Morin était aveugle,
la Joliette avait pris trop de chagrin.

1.

— Bah! le chagrin engraisse les femmes,
dit-on.

— Cela veut dire que la vie de la femme n'est
que peine, souffrance et douleur.... C'est bien
vrai! Mais il y a chagrin et chagrin, et la Joliette
a dû bien souffrir quand son mari a perdu la vue.
Et puis, elle avait un frère, et ce frère, qui est
soldat, court chaque jour de nouveaux dangers.
Dame! il y a bien de quoi affliger une sœur bonne
et sensible!

— Pierre Morin l'attend, le frère de sa femme.
Il lui a fait écrire par le maître d'école, quand la
Joliette a pris le lit. Pauvre garçon! il ne s'attend
guère, je gage, à n'embrasser qu'un froid cadavre.

De grands éclats de rire interrompirent la con-
versation de nos deux commères. Vieilles et petites toutes deux et se trouvant derrière la foule,
elles ne pouvaient guère jouir du spectacle,
même des grimaces et contorsions des jeunes
gens montés sur les échasses; car les mères élevant leurs enfants dans leurs bras, les gamins
grimpant sur le dos les uns des autres, formaient
comme un rempart entre elles et les bateleurs.
Enfin, à force de se hausser sur la pointe des
pieds, de se bousculer et de s'entr'aider, elles
purent apercevoir la cause de l'hilarité presque
générale.

C'était la colère, colère implacable et cruelle,
du chef de la bande; et certes il fallait avoir bien
mauvais cœur pour applaudir aux actes barbares
qu'il osait.

La petite fille, qui, depuis plus d'un quart d'heure, tournait sur elle-même avec des épées dans la bouche, avait fini par trébucher, par tomber et par se faire beaucoup de mal avec ces armes dangereuses. Le père, homme à barbe épaisse et noire, espèce de Turc malpropre et chétif, était descendu de ses échasses, avait fait des excuses au public dans une langue inintelligible, avait donné de rudes coups à la pauvre enfant, et l'avait forcée, toute pleurante et toute saignante, à recommencer de tourner.

C'étaient les gestes de crainte et d'effroi, les paroles de pardon et de promesse, les efforts de la petite fille et l'horrible contraction de ses traits quand elle se blessait encore, qui excitaient ces pitoyables accès de gaîté.

— En voilà de malheureux enfants! murmura l'une des bonnes vieilles; onze enfants, onze victimes!...

— As-tu vu la femme? interrompit la seconde commère. Comme elle est pâle et maigre! mais aussi comme elle a l'air doux et résigné!... De grosses larmes coulaient sur ses joues, quand le méchant homme battait la petite fille; elle jetait sur lui des regards de prière; mais le barbare, en la menaçant elle-même, frappait l'enfant encore plus fort!

— M'est avis qu'elle est bien jeune encore pour avoir eu tant d'enfants, et surtout pour que le grand jeune homme de vingt ans lui donne le nom de mère.

— C'est peut-être un second mariage.

— Oh ! bien oui ! la plupart des enfants de ces bohémiens ambulants sont des enfants volés !

— Pas vrai ! Ah ! mon Dieu, préservez les gars et les fillettes du village.

Et la bonne vieille se signa par trois fois.

— Tiens, dit l'autre, voici la jeune femme qui, portant ses deux enfants, fait la quête avec une sébile. Pauvre malheureuse ! quelle triste existence !...

En effet, la jeune femme s'enfonçait dans la foule. Or, la foule était nombreuse, épaisse, compacte ; car les huit cents habitants du hameau étaient là. C'était à peine si la malheureuse pouvait faire quelques pas. Du reste, elle recueillait d'abondantes aumônes. Enfin, elle finit par rompre les premiers rangs et se trouva un peu plus à l'aise. Quelques regards qui la suivirent la virent alors s'éloigner rapidement, se diriger vers la voiture et y monter.

Cependant le spectacle continuait de plus belle. Encouragé par les pièces de deux sous qu'il avait vues tomber dans la sébile, le bateleur redoublait de grimaces et frappait de toutes ses forces sur son tambourin. Étonné, après quelque temps, de ne plus voir la ménagère, il laissa échapper des paroles d'impatience et se mit enfin à appeler Mariette à cor et à cri.

Au bout de quelques minutes, la pauvre femme parut et recommença la quête. Mais sa pâleur habituelle avait fait place à une vive rougeur ; ses yeux si langoureux et si éteints, il n'y avait qu'un instant encore, brillaient d'un feu inaccoutumé ;

sa bouche était souriante, son front calme. En un mot, ce n'était plus la même femme, et ceux qui d'abord l'avaient contemplée avec si grande pitié, si vive compassion, admiraient maintenant son étonnante beauté et se réjouissaient de cet air de bonheur répandu sur tous ses traits.

C'est que la pauvrette venait de faire une bonne action; et une bonne action remplit le cœur d'un tel charme, enivre l'âme de telles jouissances, que ce charme divin, que ces jouissances si délicieuses viennent se refléter sur notre visage et lui donnent une beauté toute céleste.

Mais tandis que Mariette — c'était le nom que le bateleur donnait à sa douce compagne — continue sa quête avec le même succès, disons un peu quelle était cette bonne action qui devait remplir son existence tout entière de consolation et de bonheur; car le bonheur véritable, qui ne le sait? n'est pas dans les vanités du monde, dans l'éclat d'un vain nom, dans le prestige d'une haute naissance, dans l'enivrement des plaisirs, des honneurs, des richesses, mais bien dans le calme et la joie d'une bonne conscience et dans la pratique de la vertu.

— Mon Dieu, je l'ai juré en mon âme, disait la jeune femme en s'éloignant rapidement de l'endroit où se pressait la foule, je l'ai juré en mon âme, que je profiterais du premier instant de liberté pour arracher cette malheureuse créature au triste sort qui l'attend. L'heure a sonné, et mon devoir est de tout tenter. Si vous me prêtez votre assistance et votre aide, ô mon Dieu,

je réussirai. Vous toucherez quelque âme compatissante et bonne ; car vous êtes tout-puissant,
et souvent vous mettez dans le cœur du pauvre
villageois plus de pitié, plus de charité que dans
celui du riche orgueilleux.

Mariette monta dans la voiture, déposa sur le
grabat commun l'une des deux petites filles, couvrit l'autre de baisers et de larmes, la cacha sous
un pauvre châle qu'elle jeta à la hâte sur ses
épaules, sortit de la maison roulante et s'enfonça
dans une petite ruelle entre deux chaumières.
L'une des chaumières s'ouvrait sur cette ruelle
étroite et boueuse. C'était justement celle que nos
deux commères avaient désignée comme apparte-
nant à Pierre Morin ; c'était celle aussi que la
jeune femme n'avait point quittée des yeux pendant tout le temps qu'elle était restée assise sur
le tapis et qu'elle avait remarquée, sans doute,
parce qu'au premier son du tambourin elle en
avait vu fermer toutes les fenêtres.

— Ici, la joie fait peur, murmurait Mariette
en s'arrêtant sur le seuil, peut-être la charité y
est-elle mieux comprise....

Elle frappa en tremblant bien fort.

— Entrez, cria une voix grave, mais coupée
de sanglots.

Mariette poussa la porte à demi disjointe, et
un triste, un bien triste spectacle s'offrit à ses
regards.

Sur un pauvre grabat dormait de l'éternel
sommeil une femme jeune et jolie. Un vieillard
au front chauve, aux yeux remplis de larmes,

était agenouillé près du cadavre et pressait dans
ses mains amaigries les mains glacées de la
morte. Au pied du grabat, une petite fille de
huit mois environ souriait en tendant tour à tour
ses petits bras à la mère qui ne la voyait plus et
au vieillard qui, hélas! ne l'avait jamais vue.

— C'est toi, Joseph? dit le bonhomme sans
faire le moindre mouvement.

— Je ne suis point Joseph, fit Mariette de sa
voix douce et bonne. Ah! pardon, mille fois
pardon, bon vieillard. Si j'eusse su que la mort
habitait ta chaumière, j'aurais respecté ta douleur et je ne fusse pas venue y insulter peut-être
en la troublant. Mais une voix secrète me disait
qu'ici je trouverais aide et assistance, qu'on aurait pitié de moi, d'une malheureuse orpheline,
d'une enfant dévouée au vice et à la misère....
Bon vieillard, toi qui as beaucoup vécu, toi qui
sais que le vice est le malheur de ce monde et
de l'autre vie, veux-tu exaucer ma prière?... Je
te le demande au nom de celle que tu pleures,
au nom de cette enfant qui te sourit dans ta souffrance, au nom de tes cheveux blancs....

— Que veux-tu, ma fille? lui dit Pierre Morin,
car le bon vieillard n'était autre que lui.

— Vois cette enfant; eh bien! tu crois peut-
être....

Pierre étendit les deux mains en avant, cherchant à toucher l'enfant dont on lui parlait.

— Bon vieillard, es-tu donc condamné à une
nuit éternelle? demanda Mariette en versant des
larmes de compassion.

— Hélas! murmura le brave villageois en levant les mains au ciel et avec un sourire au milieu de ses pleurs.

C'était un acte de résignation sublime, un acte qui voulait dire : Soyez béni, mon Dieu, car tout ce que vous faites est bien fait, tout ce que vous ordonnez est pour notre plus grand bien, et, père sage et bon, vous nous donnez, selon qu'il vous plaît et selon ce qui nous est plus avantageux, le bonheur ou la peine, la joie ou la souffrance, la santé ou la maladie, la vie ou la mort....

— Que veux-tu, ma fille, répéta le vieillard après un long silence. Parle, parle sans crainte. Si le bon Dieu m'a fait pauvre, il m'a donné un cœur compatissant. Je n'aurais plus qu'un morceau de pain, que je le partagerais avec joie entre mon enfant et le pauvre.

— Sois béni, fit Mariette, pour la consolation et l'espérance que tes douces paroles apportent à mon âme! Écoute, bon vieillard : c'est Dieu qui m'a conduite ici.... C'est toi, je n'en doute pas, c'est toi qu'il a choisi pour être l'ange gardien d'une misérable créature.... Il t'avait donné une enfant, aujourd'hui il te donne une seconde fille.... Je t'en supplie, ne la repousse pas ! Ah! si tes yeux pouvaient s'ouvrir à la lumière, tu verrais un sourire d'encouragement errer sur les lèvres pâles de la jeune femme que tu pleures; tu verrais son front si pur, si beau encore dans la mort, rayonner de bonheur.... Entends, entends au moins sa voix. Elle te crie du

haut des cieux : « Pierre Morin, adopte l'orpheline ; car l'orpheline est un ange du bon Dieu,
qui remplira de joie et de consolation les derniers jours de ton pèlerinage.... » Pierre Morin,
si ta fille devenait orpheline, ne serais-tu point
heureux que des âmes charitables lui don-
nassent un gîte, du pain et des exemples de
vertu ?

Et ce disant, l'enthousiaste Mariette déposait
dans les bras du vieillard l'enfant qui pleurait sur
son sein.

— Je suis bien pauvre, dit Pierre Morin en
pressant sur son cœur paternel la charmante petite fille. Me donner ton enfant, c'est la condamner à une vie de travail et de misère.... Mais
pourquoi l'abandonnes-tu ? Ne peux-tu veiller
sur elle ? N'es-tu pas sa mère ?

— Non, non, répondit Mariette à voix basse,
non, je ne suis pas sa mère.... Je n'abandonne
pas l'enfant, mais je l'arrache au sort le plus fatal.... Écoute : Je suis la compagne, la malheureuse compagne de ce chef de bateleurs qui fait
si grand bruit aujourd'hui au village. Or, je l'ai
rendu deux fois père, je lui ai donné deux enfants, une fille de cinq ans, qui est déjà sa victime et qui grandit dans le vice et l'opprobre, et
une autre de dix mois, que je suis tentée chaque
jour, moi, sa mère, d'étouffer dans son berceau,
pour la soustraire au malheur. Cet homme s'ho-
nore de onze enfants.... Mensonge ! mensonge !
Deux seulement lui appartiennent, comme je
viens de te le dire ; les autres, il les a arrachés

cruellément des bras de leurs mères.... Oh! tu
frémis, n'est-ce pas, tu frémis d'horreur!....
L'enfant que tu presses maintenant dans tes
bras, que tu arroses de larmes de pitié, que tu
couvres de baisers de tendresse, l'enfant pour
qui j'implore la compassion du pauvre, est née
riche et puissante, c'est Valentine de Saint-Céran.... Et c'est moi, c'est moi qui, menacée d'affreux traitements, menacée de la mort par mon
indigne époux, ai consenti à la ravir à l'amour
de ses parents. Oh! ne me condamne pas, ne me
fais pas de reproche.... Ma conscience m'en fait
assez.... J'aurais dû mourir, mille fois mourir,
plutôt que d'obéir à un tel ordre. Mais j'étais
mère, et, quelque belle et heureuse que m'ap-
parût la mort, quelque pénible que me fût la
vie, j'aimais cette vie pour mes enfants !... M. de
Saint-Céran est mort de douleur, mort parce que
je n'ai point voulu mourir.... Aussi, depuis que
j'ai su cette affreuse nouvelle, la vie me pèse, et
il me faut toute la crainte qu'inspirent les terribles jugements de Dieu, tout l'amour que la
nature donne pour ses enfants à un cœur maternel, pour m'empêcher d'attenter à mes jours et
de rejoindre dans l'éternité celui dont mes mains
elles-mêmes ont creusé la tombe. On ignore ce
qu'est devenue Mme de Saint-Céran. Peut-être
n'a-t-elle pu survivre non plus à son malheur;
mais leur fille, ah! dût-il m'en coûter la vie,
leur fille ne tombera pas dans cet abîme de vices
et d'opprobre auquel on l'a condamnée. Tu me
parles d'une vie de misère et de travail.... Ah!

bénis soient la misère et le travail avec la vertu !
Garde donc cette enfant, bon vieillard, c'est le
bon Dieu qui te la donne. Il te donnera en même
temps les moyens de nourrir l'orpheline. Tu
sais, sans doute, ce doux chant que ma mère
me disait en me berçant sur ses genoux, ce chant
que je serais si heureuse de faire répéter à mes
filles :

Dieu laissa-t-il jamais ses enfants au besoin?
Aux petits des oiseaux il donne la pâture,
Et sa bonté s'étend sur toute la nature.

Et puis celui qui récompense un verre d'eau
froide donné en son nom ne te gardera-t-il pas
les bénédictions les plus abondantes? Pierre Morin, dis-moi, oui, dis-moi que tu as maintenant
deux filles, et tu me combleras de bonheur.

— J'ai deux filles, murmura le vieillard en prenant dans ses bras et Valentine de Saint-Céran et
Marie Morin, qui dormait doucement la tête ap-
puyée sur les pieds glacés de sa mère.

Au même instant les deux enfants confondirent
leurs cris. Ces cris étaient si semblables, le
timbre de leurs voix était tellement identique,
que l'aveugle tressaillit.

— Quelle est ma fille, quelle est l'enfant de
ma Louisa? dit-il avec inquiétude.

Mariette fit toucher aux cheveux blancs de son
père la tête gracieuse de Marie Morin.

— On dirait deux jumelles, murmura-t-elle.
Elles sont aussi jolies l'une que l'autre.

Le vieillard tressaillit encore et soupira :

— Marie doit avoir les yeux bleus et les cheveux blonds de ma Louisa.

— Valentine a les yeux bleus et les cheveux blonds de Flora de Saint-Céran.

— Quelle est mon enfant, mon Dieu? quelle est mon enfant? répéta Pierre.

— Ecoute, bon vieillard, fit Mariette, je vais marquer ta fille d'un signe sur l'épaule droite, je vais lui imprimer le nom de Marie.

— Non, non, marque plutôt Valentine ; peut-être un jour....

— C'est vrai, et ce beau nom de Marie, ce nom saint, ce nom béni de l'aimable Vierge, sous la protection de qui je place tes deux filles, portera bonheur à l'orpheline.

— O mon Dieu ! s'écria le vieillard, qu'il porte bonheur à mon enfant.

Mariette n'entendit pas ces dernières paroles, qui auraient eu peut-être besoin d'explication, et elle fit rougir un fer au long cierge qui brûlait près de la défunte.

Au même instant retentit jusque dans la cabane la voix du bateleur irritée, menaçante.... Il appelait Mariette.

Frémissant de crainte et d'effroi, Mariette saisit l'une des enfants, traça à la hâte le nom de Marie sur l'épaule droite, souleva le drap mortuaire et posa la petite fille près du cadavre.

— Bon vieillard, le bateleur va chercher partout celle qu'il ose nommer son enfant. Laisse-la donc près de ta Louisa. Dès que je le pourrai,

je t'enverrai de l'argent pour te venir un peu en
aide....

— Je tâcherai de quitter le village, dit Pierre :
ils s'étonneraient tous de me voir deux enfants.
Adresse tes lettres à mon beau-frère, Joseph
Bertrand, caporal au 19e de ligne, en garnison à
Paris, et, en quelque lieu que je sois, il me les
fera passer.

Le bateleur s'impatientait. Il répétait avec fureur le nom de Mariette.

Mariette bénit une dernière fois Valentine de
Saint-Céran, baisa avec respect le front glacé du
cadavre, pressa les mains tremblantes du vieillard et s'éloigna en répétant mille fois :

— Pierre Morin, n'oublie pas que tu as maintenant deux enfants....

— Où sont les petites ? demanda brusquement
le bateleur à sa compagne, quand, Mariette
ayant achevé la recette et la foule s'étant disper-
sée, on rangea tout l'attirail de la brillante représentation.

Mariette tressaillit et fit comme si elle n'avait
point entendu.

— Où sont les petites ? répéta-t-il avec plus de
brusquerie encore.

— A la maison, soupira la pauvre femme.

Au retour à l'habitation roulante, François
Laurent ne trouva qu'une enfant sur le grabat.
Pâle de crainte et de désespoir, il appela Ma-
riette.

Mariette arriva tremblante, et s'écria, quand

son féroce époux lui eut d'une main montré le grabat et de l'autre un poing menaçant :

— Valentine! Valentine ! qui nous a ravi notre enfant?

La jeune femme versait tant de larmes, larmes d'inquiétude et de terreur, que le bateleur, quelque féroce qu'il fût, n'osa plus l'accuser.

— Tu as donc laissé les petites seules? demanda-t-il.

— Hélas! oui, le temps de cette malheureuse quête.... La foule était si compacte, que je craignais à tout instant d'étouffer les enfants.

— Où étais-tu, quand je t'ai appelée tant de fois?

— Je m'occupais de Valentine et ne pouvais la quitter dans le moment.

Heureusement que Laurent ne jeta point alors les yeux sur la jeune femme : il aurait deviné à sa pâleur extrême, à son trouble étrange, qu'elle lui cachait un mystère.

Il sortit immédiatement pour faire sa déclaration aux autorités du lieu. Le maire autorisa une perquisition. Cette perquisition, le bateleur l'opéra dans toutes les chaumières, faisant partout grand bruit, remuant tout de la cave au grenier. Il entra dans la cabane de Pierre Morin ; mais, pénétré de cette crainte indicible qui saisit notre cœur à l'aspect de la mort, il se découvrit devant celle qui avait été Louisa Bertrand, indiqua au vieillard l'objet de sa visite, et, respectant ses larmes et sa douleur, se retira aussitôt.

Le soir même, le maire du hameau se présenta à l'habitation roulante, et, se méfiant toujours, sage méfiance du reste, de ces troupes de bateleurs bohémiens, demanda à vérifier les passe-ports et autres papiers. Tout était en règle.

— Et les actes de naissance de tous ces enfants-là? observa le magistrat.

— Je ne les ai point, balbutia François. Ils ne sont point ordinairement exigés. D'ailleurs, mon passe-port mentionne ma femme et mes onze enfants.

— Si vous voulez que j'informe la police du malheur dont vous avez été victime dans notre village, ajouta le maire, il faut me produire l'acte de naissance de l'enfant réclamée ou m'indiquer au moins en quel endroit je puis faire lever cet acte.

— Demain matin, monsieur le maire, j'aurai l'honneur de me rendre auprès de vous pour vous donner les renseignements nécessaires, répondit le bohémien.

L'honorable administrateur n'aperçut point le sourire que François dissimulait sous sa longue moustache grise, et il se retira plein de confiance.

A minuit sonné, le bateleur, qui avait annoncé pour le lendemain une brillante représentation, une séance extraordinaire et solennelle, donna le signal du départ. Au point du jour, la voiture qui transportait la famille et l'attirail roulait

sur le pont de Kehl à Strasbourg, et François
Laurent, craignant avec raison d'être inquiété
en France, mettait le pied sur le sol de l'Allemagne.

II.

Pierre Morin, vieux sergent de l'armée impériale, était un homme d'une soixantaine d'années, à la haute et fière stature, à la tête à demi chauve, au teint basané, au front couvert de rides et à l'épaisse moustache grise. Il s'honorait de trente-cinq ans de service et de trois ou quatre blessures.

Forcément soldat, il avait quitté son village à vingt et un ans, en emportant les bénédictions de son vieux père, dont il était le seul soutien, et la foi de sa promise, Jeanne, dite la Brunette, la plus belle fille du hameau.

Jeanne, après le départ de son fiancé, était venue s'établir dans la cabane du vieillard et avait soigné celui-ci comme si déjà elle eût été la femme de son fils. Mais, hélas! ni les soins ni les caresses de la bonne fille n'avaient pu faire

2

oublier le soldat, n'avaient pu charmer les en-
nuis de l'absence, et bientôt le père du pauvre
Pierre s'était incliné vers la tombe.

Peut-être la malédiction du bon Dieu était sur
le soldat, et l'ange de la mort étendait ses ailes
noires sur la cabane; car la Brunette ne tarda
pas non plus à descendre au tombeau.

Quand Pierre apprit son double malheur, il
pensa mourir à son tour. L'avenir, la vie ne lui
souriaient plus, puisqu'il avait perdu les deux
seuls êtres qu'il aimait au monde, et, bien loin
de désirer le retour au village, il jura en son
âme de n'y plus remettre les pieds.

— C'en est fait, ma vie est brisée! s'écria le
jeune homme en couvrant de larmes, puis en
froissant avec douleur dans ses mains crispées et
tremblantes, la lettre où le bon curé du hameau
lui faisait le triste récit du trépas du vieillard et
de la jeune fille. C'en est fait, plus d'avenir, plus
de bonheur, plus d'espérance!

Ne rêvant plus qu'un peu de gloire et une
mort aussi sainte, aussi précieuse que celle du
vieillard et de sa fiancée, il prit un long engage-
ment, quand, en 1788, expira son temps de service. Il fit toutes les guerres de la République,
passa en Italie à la suite du général Bonaparte,
et le suivit en Égypte. Il écrivit son nom sur les
fameuses pyramides, se battit avec courage et
revint en France. N'aimant plus alors que la vie
des camps, enivré de la gloire de celui qu'il ne
nommait que son cher empereur et le père du
soldat, il fit toutes les guerres de l'Empire. Il était

à Waterloo. Là, blessé grièvement, il fut trans-
porté par un ami dévoué dans une humble chaumière, à une assez grande distance du lieu du
combat, et habitée par une famille française.
Il y fut l'objet des soins les plus empressés, les
plus constants, de la part d'une bonne vieille,
presque octogénaire, et d'une jeune fille, la
gentille Louisa.

Or, Pierre ne put voir la belle enfant sans
penser à la Brunette, qu'il avait tant pleurée et
qu'il se prenait encore à pleurer chaque jour.

Mais pourquoi Louisa ne lui donnerait-elle
pas le bonheur que Jeanne lui avait promis? Il
se faisait vieux, ne pouvait plus supporter la
fatigue des combats et la vie monotone de la
caserne. Pourquoi ne retournerait-il point au
village, ne réclamerait-il point la modeste cabane
où les êtres qu'il avait tant aimés étaient morts
et qu'il avait abandonnée pour un temps à de
malheureux orphelins?

Il réfléchit longtemps.

Sur ces entrefaites, et avant qu'il fût complé-
tement guéri de ses blessures, la bonne vieille,
malade depuis longtemps et accablée, d'ailleurs,
par les ans, prit le lit pour ne plus le quitter.
Elle se sentait mourir et pleurait; car elle allait
laisser sa petite-fille Louisa sans protecteur sur
la terre.

Louisa avait bien un frère, le bon Joseph,
mais ce frère était soldat.

C'était quand elle voyait sa petite-fille et le
sergent endormis que la bonne femme s'aban-

donnait à son inquiétude et à sa douleur. Parfois
quelques plaintes lui échappaient, et, une nuit,
Pierre put distinguer ces mots, murmurés à voix
basse :

— Ma Louisa! ma Louisa! que deviendra-t-elle
sans appui, sans soutien, orpheline à seize ans,
abandonnée sur la terre sans parents, sans amis,
sans ressources ?

Le soldat, aussi ému que la bonne femme, se
traîna dans l'obscurité jusqu'au grabat de la
mourante.

— Soyez tranquille, Catherine, fit-il à demi-
voix, de crainte d'éveiller la jeune fille, soyez
tranquille, je serai son père.

— Son père! balbutia l'aïeule. Non, non,
avant de mourir, je veux bénir celui qui sera
son époux.

— Ah! reprit Pierre, si elle n'avait point peur
de mes cinquante-cinq ans, de mon front chauve,
de ma moustache grise....

La mourante ne répondit pas, mais pressa la
main du sergent avec reconnaissance.

Le lendemain, dès le matin, elle appela Louisa,
lui fit signe de s'agenouiller auprès d'elle et lui
parla longtemps à voix basse. D'abord, Louisa
pleura; mais Catherine pleura aussi, et la jeune
fille, cachant ses larmes, combla l'aïeule de
tendres caresses. Ces caresses disaient que le
sacrifice de ses seize ans, de sa jeunesse, de ses
espérances, de ses affections secrètes peut-être,
était consommé, et qu'elle était prête à tout.

Moins de quinze jours après, un bon prêtre

apportait le saint viatique à la grand'mère et bénissait le mariage auprès du lit de douleur.

— Je n'ai plus rien à désirer ici-bas, s'écria Catherine, quand s'acheva la cérémonie sainte qui enchaînait la vie de la jeune fille à celle du vieux soldat, je n'ai plus rien à désirer, puisque ma Louisa a un protecteur. Maintenant, Seigneur, que votre volonté s'accomplisse !

Il semblait que la mort eût attendu ce jour, ce grand jour, pour frapper sa victime. Dès le soir même, la bonne femme entra dans l'agonie, et le lever de l'aurore trouva les nouveaux époux pleurant aux pieds d'un froid cadavre.

Quand ils eurent rendu les derniers devoirs à l'aïeule, Pierre et Louisa reprirent le chemin de la France.

Le soldat revit avec joie sa chaumière. Les sombres images, les tristes souvenirs du passé s'étaient effacés de son âme depuis qu'il avait sa Louisa, et avec elle étaient revenues de nouvelles espérances de bonheur.

Louisa aussi était heureuse, ou du moins paraissait l'être. Élevée dans la pratique de la religion et de la vertu, elle n'avait qu'une pensée, l'accomplissement de son devoir ; et son premier devoir, elle le savait, c'était d'entourer le vieillard qu'elle nommait son époux de soins et d'affections. Elle y fut constamment fidèle.

Un seul désir restait au sergent et à sa jeune épouse, celui d'avoir un enfant. Pleins de confiance en Dieu, ils accomplissaient chaque jour un pieux pèlerinage à une humble chapelle

construite sur le sommet d'une colline et dédiée
à la sainte vierge. Pierre Morin, prêt à se sacrifier
pour celle qui lui avait donné sa jeunesse et son
cœur, offrait à Dieu sa vie, pour qu'il donnât un
fils à sa Louisa.

— Moi, Seigneur, disait-il dans sa naïve
prière, moi je n'ai plus que peu de jours à passer
ici-bas. Que deviendra ma Louisa, si elle reste,
une fois encore, seule sur la terre? Un fils ne
serait-il point son appui, son soutien, sa consolation et sa joie?

En accordant une fille à la jeune femme du
sergent, le bon Dieu ne prit pas la vie du vieillard,
mais il lui prit la vue, et Pierre Morin ne
vit jamais le visage angélique de celle qui lui
devait le jour. Il se résigna; mais Louisa conçut
un tel chagrin, qu'elle contracta une maladie
de langueur qui, en peu de mois, la conduisit
au tombeau. Elle était morte le matin même du
jour où les bateleurs donnèrent leur fameuse
représentation.

— Ah! si ma Louisa vivait encore! fit le
vieillard quand Mariette l'eut quitté, si elle vivait,
je n'aurais nulle inquiétude. Mais que faire, moi,
aveugle et si pauvre? Que faire, que devenir
avec deux enfants?

Le souvenir de la Providence vint calmer les
craintes du malheureux père. N'était-ce pas le
bon Dieu qui lui avait envoyé Valentine de Saint-
Céran? Or, n'aurait-il pas porté malheur à sa
propre fille, s'il eût repoussé l'orpheline?

— Le bon Dieu nous rend cent pour un, quand

nous faisons l'aumône à nos frères, murmura-t-il avec onction.

Et il combla les enfants de nouvelles caresses, les confondant toutes deux dans un seul et même amour.

Mais, au milieu de ses transports, il se demanda tout à coup avec effroi laquelle de ces angéliques créatures était son enfant.

— Peut-être est-ce celle-ci, fit-il en pressant l'une des petites sur son cœur de père, et s'imaginant que son cœur battait plus fort.

Et il y pressa l'autre, son second bonheur, sa seconde espérance; mais son cœur battit toujours.

Alors, il s'écria, en les couvrant toutes deux de baisers et de larmes :

— Vous êtes mes deux filles, Valentine et Marie.... Ah! puissiez-vous marcher sur les traces de ma Louisa et me donner encore de beaux jours sur la terre !

Quand le vieillard eut déposé ses filles dans le même berceau, il reprit sa longue veille, ses prières et ses larmes, auprès de la défunte.

Vers onze heures du soir, des pas d'homme retentirent sur la grande place de l'église du village.

— C'est lui ! fit Pierre Morin. Je savais bien que Joseph ne m'abandonnerait pas dans ma détresse.

Incapable de modérer son impatience, il ouvrit la petite fenêtre.

— Est-ce toi, Joseph? cria-t-il ; mon pauvre et bon ami !...

— Présent ! murmura le soldat, comme s'il eût été interpellé par son officier. Et Louisa ?

— Hélas ! hélas ! fit le vieillard, elle ne souffre plus !

Il se passa alors une scène déchirante. Le jeune homme se jeta avec désespoir sur le corps de sa sœur, couvrit son froid cadavre de baisers et de larmes, comme si ses baisers, comme si ses larmes eussent pu la ranimer.

— Mourir à vingt ans ! faisait-il, mourir quand on a devant soi un long avenir, quand on a un bon mari, une enfant !

— Deux enfants...., dit le vieillard.

Et il se sentit rougir, car c'était la première fois de sa vie qu'il proférait un mensonge.

— Deux enfants ! répéta le jeune soldat avec étonnement. Je croyais qu'une seule petite fille, Marie....

— Deux filles jumelles, Marie et Valentine.

Le caporal courut au berceau, souleva la blanche mousseline qui le couvrait. En effet, deux anges dormaient du même sommeil, souriaient du même sourire, collant l'une contre l'autre leurs petites joues blanches et roses.

— Qu'elles sont belles ! dit Joseph. Mon frère, quelle est Valentine ? quelle est Marie ?

Le vieillard les prit l'une après l'autre, les pressa sur son cœur.

— Celle-ci est Marie, fit-il en présentant au jeune homme l'une des enfants. Non, non, attends, c'est l'autre.... Non, je me trompe, c'est la première....

Et le vieillard, découragé, confondit les deux
enfants dans un même et long embrassement.

— Joseph, dit-il, vois un peu.... Marie doit
avoir les yeux bleus et les cheveux blonds de sa
mère.

Mais le soldat répondit comme avait répondu
Mariette :

— Toutes deux ont les yeux bleus et les cheveux blonds.

Des larmes brillèrent dans les yeux éteints du
vieillard. Il se repentait presque de sa bonne action. Mais une réflexion subite, traversant son
esprit, vint sécher ses pleurs : Mariette n'avait-
elle point marqué l'une des enfants d'un signe
certain et ineffaçable ?

Laquelle, de Valentine de Saint-Céran ou de
Marie Morin, avait été marquée ?

En rappelant ses souvenirs, Pierre conclut que
ce devait être son enfant, puisqu'il avait exprimé
le désir que le nom de la bénigne Marie portât
bonheur à la fille de Louisa.

— Marie, dit-il au jeune homme, porte son
nom gravé avec un fer rouge sur l'épaule droite.

Joseph déshabilla les enfants, et le vieillard
pressa dans ses bras la petite créature qui portait
sur son corps ce nom si chéri.

— Mais peut-être me trompé-je ! fit-il tout à
coup en étreignant l'autre enfant avec la même
tendresse. Ah ! mes yeux, mes yeux, où êtes-
vous ? Mon Dieu ! pourquoi m'avez-vous privé de
la lumière, puisqu'il vous plaisait de me ravir
celle qui voyait pour moi ?

2.

Cette parole ressemblait à un murmure. Elle
laissa un remords dans l'âme du bon vieux
soldat.

— Mon Dieu, soyez béni ! s'écria-t-il avec
effort. Soyez toujours béni, dans la souffrance
comme dans le bonheur ! Joseph, ajouta-t-il en
s'adressant au jeune homme, viens, mon ami,
que je t'ouvre mon cœur. J'ai deux filles, tu le
vois, deux filles jumelles. Elles se ressemblent....

— Oui et non, interrompit le jeune soldat.

— Comment!... Que veux-tu dire ? Je croyais
que toutes deux avaient les yeux bleus et les cheveux blonds....

Le cœur de Pierre Morin battait avec force. Il
espérait que la réponse de son beau-frère allait
enfin fixer son incertitude si cruelle et lui révé-
ler laquelle des deux petites était son enfant.

— Oui, répondit Joseph, toutes deux ont les
yeux bleus et les cheveux blonds ; mais l'une est
infiniment plus jolie que l'autre.

— C'est mon enfant ! exclama le vieillard en
laissant de nouveau échapper ses larmes. C'est
mon enfant ! ma Louisa était si belle !

— L'autre, mon frère, n'est donc pas la fille de
ma sœur ?

Pierre Morin s'aperçut de son imprudence.

— Marie et Valentine sont mes deux filles, fit-il
avec calme, les deux filles de ma Louisa ; mais
Marie est née la première. Sa mère, bien que les
chérissant toutes deux, avait pourtant pour elle
une petite préférence ; et moi, te le dirai-je ? mon
frère, je l'aime bien mieux que sa sœur.... Le

bon Dieu me punit, sans doute, puisque, depuis que ma Louisa n'est plus, je ne puis reconnaître ma préférée.

— Bien sûr, dit le jeune homme, quelqu'un au village nous aidera à la distinguer.

Pierre tressaillit d'abord de joie, puis de douleur. Sans doute, les commères qui avaient tant admiré la charmante fille du vieux sergent dans les bras de sa mère pourraient dire laquelle des deux enfants était Marie ; mais se confier aux commères, n'était-ce point perdre Valentine ? Et le vieillard avait promis de servir de père à l'infortunée créature.... Il s'éleva alors un combat terrible dans l'âme de Pierre Morin, combat entre la charité et l'amour paternel. Enfin, la charité l'emporta. Certainement l'enfant ne serait point rendue au chef des bateleurs, si on la trouvait dans la cabane ; mais il faudrait dire l'histoire de Valentine ; et dire cette histoire, c'était accuser la bonne et si malheureuse Mariette.

— Et puis, se dit le vieillard, ce ne sont que quelques jours d'inquiétudes et d'angoisses. A la première missive, la comédienne me dira sur laquelle des deux enfants elle a gravé le doux nom de Marie.

Joseph, voyant l'aveugle abîmé dans ses réflexions, répéta sa proposition.

— Non, mon frère, personne ne connaît mes enfants, fit Pierre : soit défiance d'aveugle ou de vieillard, je n'ai jamais laissé voir ma famille. Tu sais, Joseph, les années donnent des manies, et c'est la mienne à moi. Il me semble que si d'indiscrets regards se portaient sur mes filles, il leur arriverait malheur. Je suis un peu superstitieux, Joseph. Or, j'ai entendu dire à mon vieux père que les habitants du pays ont des charmes et des sorts pour les enfants des étrangères, et Louisa n'était point du hameau.... Je sens tout le ridicule, tout le vide de ma sotte croyance; mais je suis père et ne crains rien tant au monde que de perdre mes enfants. Ah ! pour Dieu, mon ami, respecte mes travers et veille attentivement sur mes filles.... Aie compassion d'un malheureux vieillard qui a beaucoup souffert, qui souffre plus aujourd'hui encore, et qui n'attend ici-bas que la souffrance.

— Pierre, ne crains rien, dit le soldat, personne ne verra tes filles.

— Tu ris, n'est-ce pas, de mes singuliers travers ? Que veux-tu, Joseph, ce sont ceux d'un vieillard qui toute sa vie a soupiré après le bonheur.

— Non, je ne ris pas, frère. Je veillerai sur tes filles, et tu peux compter sur ma parole. Mais vas-tu donc rester au village ?

— Oh ! non, non.... Et pourtant, mon Dieu ! où porter mes pas avec mes deux orphelines ?

— Si j'espérais rester longtemps à Paris, je t'engagerais à m'y suivre. Mais nous avons une cousine qui habite aux environs de Compiègne. Elle t'accueillera avec bonté et elle soignera tes enfants.

Pierre Morin accepta cette proposition avec

joie. Les deux frères passèrent le reste de la nuit
dans la prières et les larmes, agenouillés près
du cadavre de Louisa Bertrand.

Le lendemain, dès le matin, les cloches du
hameau tintèrent le glas funèbre, et la popula-
tion, en deuil, suivit dans le lieu de l'éternel
sommeil la jeune fille de Waterloo, qui avait
apporté tant de consolation et de bonheur dans
la chaumière du vieux soldat.

III.

Quinze jours après, le vieux sergent et ses deux filles étaient installés chez la bonne cousine d'Estrées-Saint-Denis.

Le jeune soldat ne s'était pas trompé quand il avait annoncé à son beau-frère un accueil empressé et amical. La bonne dame s'estima heureuse, mille fois heureuse, d'offrir un asile au vieillard et à ses orphelines, de pourvoir à leurs besoins, de consacrer les derniers jours de son existence à l'éducation de Valentine et de Marie.

Quand Pierre Morin, entouré de soins et d'affection, voulait parler de reconnaissance, la digne femme se fâchait.

— Allons donc! Pierre, disait-elle, n'en auriez-vous point fait autant pour moi, si vous aviez été à ma place et moi à la vôtre? Il faut

faire aux autres ce que nous voudrions qu'on
nous fît à nous-mêmes. Le bon Dieu a béni mes
petites affaires ; mais ce n'était point pour que
je jouisse toute seule du bien-être que j'ai acquis.
Quand on ne pense qu'à soi, on devient égoïste ;
et l'égoïsme, loin de faire le bonheur, ne sert
qu'à multiplier nos souffrances. Au contraire, on
éprouve de si pures, de si vraies délices à faire
le bien !.... Non, non, cousin, ne me remerciez
pas. C'est moi qui devrais vous être reconnais-
sante du bonheur que vous avez apporté à ma
triste vieillesse. Mes jours s'écoulaient sans
charme et sans espérance, et maintenant ce sont,
à chaque instant, de nouvelles joies. Oh ! notre
petit caporal — c'est ainsi qu'elle désignait Joseph Bertrand — a eu une bien bonne pensée,
quand il vous a engagé à venir dans ma maisonnette.

La cousine Philiberthe Lebrun n'avait pas toujours été à son aise ; aussi, se souvenant de ses
mauvais jours, elle était compatissante et bonne
pour ceux qui souffraient. Restée orpheline en
bas âge, elle avait été recueillie par une coutu-
rière du pays, qui l'avait adoptée et lui avait
appris son état. Devenue jeune fille, elle avait
été bienfaitrice, à son tour, de celle qui lui avait
servi de mère ; car la malheureuse femme, accablée d'infirmités, avait dû bientôt cesser tout
travail. Après des années de privations, de veilles
et de fatigues, Dieu l'avait enfin bénie, à cause
de sa piété filiale, et l'avait fait prospérer. Dès
l'âge de cinquante ans, elle avait pu se retirer

et vivre tranquille et heureuse du fruit de ses petites économies. Elle avait alors acheté une jolie maisonnette, coquettement blanchie à la chaux, ornée de volets verts et entourée d'un petit jardin en plein rapport.

C'était dans cette maisonnette, qu'elle habitait depuis des années déjà, qu'elle avait offert une généreuse hospitalité à Pierre Morin et à ses enfants.

Inutile de dire que Philiberthe Lebrun se montrait sœur toute dévouée, amie véritable pour le sergent, et bien tendre mère pour les orphelines. Les deux petites filles faisaient son bonheur. Elle ne les quittait pas d'un instant et leur donnait elle-même ces mille soins affectueux et vigilants que réclame l'enfance.

Néanmoins, quels que fussent son amitié et son dévouement pour ses deux filles, Pierre Morin jugea prudent de conserver en son âme le secret de la naissance de Valentine, et il entendit avec bonheur les habitants du village désigner les enfants sous le nom des deux jumelles.

Peindrons-nous la joie du vieux soldat et de sa bonne compagne quand les orphelines commencèrent à balbutier ? La première fois que le brave homme s'entendit donner le doux nom de père, il pensa mourir de bonheur.

Nous avons dit que Valentine et Marie avaient le même timbre de voix.

Laquelle des deux donc avait prononcé ce nom, ce nom qui apporte avec soi tant de consolations et d'espérances et pour celui qui le murmure et pour celui à qui il est adressé ?

Il y avait longtemps que l'aveugle se disait en son âme : La nature parlera.... La première qui me nommera son père est certainement mon enfant.

On avait coutume d'appeler Marie celle qui portait la marque tracée par Mariette.

— C'est Marie...., murmura le bon père en couvrant de caresses et de larmes l'enfant qui avait balbutié le nom béni, c'est la fille de ma Louisa !

Il appela la cousine ; mais la cousine déclara, au grand désappointement du vieillard, que c'était Valentine qui avait parlé.

— Quelle est la plus jolie? demanda l'aveugle pour la centième fois peut-être, en promenant ses doigts tremblants sur les gracieux visages des deux enfants.

— Valentine, répondit Philiberthe.

— Valentine ! répéta le vieillard.

Et il sourit, et il pleura.

— Puisque Valentine est la plus jolie, se dit-il en son âme, c'est que Valentine est mon enfant; car nulle femme n'était plus belle que ma Louisa !

Puis, Pierre Morin tomba dans l'une de ces rêveries si tristes, si longues, qui inquiétaient tant la bonne Philiberthe, mais qui suivaient toujours les questions qu'il hasardait parfois sur les enfants.

Comment ne pouvaient-elles être tristes et

longues les rêveries du vieux sergent, quand il
se reportait en esprit à l'humble cabane du hameau natal, quand il repassait en son âme les
adieux déchirants de sa Louisa, quand il croyait
sentir encore le dernier battement du cœur de
sa compagne chérie sous la pression de sa main
tremblante, quand il se rappelait la visite de la
femme du comédien et l'adoption solennelle qu'il
avait faite de Valentine de Saint-Céran au pied du
lit de mort de la sœur de Joseph?

— Pardonne, ma Louisa, faisait-il alors au
milieu de ses larmes, pardonne, si j'ai perdu
mon enfant!... Mon Dieu! si je pouvais voir, voir
seulement pendant une seconde !... Oh ! je sau-
rais reconnaître sur ces visages d'enfants les
traits chéris de l'orpheline de Waterloo !... Mais,
Louisa, si je t'ai donné une seconde fille, n'est-
ce pas parce que Mariette m'a imploré en ton
nom? C'est toi, sans doute, c'est toi qui, du
haut des cieux, sensible à la douleur des Saint-
Céran, as voulu donner un père à leur orpheline !

— Qu'avez-vous donc, cousin? disait la bonne
Philiberthe, quand elle voyait, pendant les sombres
réflexions du vieillard, de grosses larmes couler
silencieuses et amères sur les joues pâles de
Pierre Morin.

Pierre Morin ne répondait pas : pouvait-il dire
le sujet de sa douleur?

— Dame, que voulez-vous ? reprenait la brave
fille, le bon Dieu l'a ainsi voulu ! C'était un ange
que Louisa, et le ciel est la patrie des anges.

Le vieillard pleurait encore plus fort.

— Allons, allons, n'allez-vous pas sangloter à présent? Si vous vous désolez ainsi, vous tomberez malade, vous mourrez peut-être... Et alors, qui servira de protecteur à vos filles?... Faut pas compter sur moi, cousin, faut pas compter sur moi.... Ma grand'mère est morte à cinquante-huit ans; ma mère, à cinquante-huit ans; ma bienfaitrice, à cinquante-huit ans.... et, dame! j'en ai cinquante-sept.... Ça s'avance, ça s'avance.... A la volonté du bon Dieu, du reste, et quand il lui plaira....

La bonne dame disait : Quand il plaira à Dieu, mais elle poussait de gros soupirs, elle laissait même échapper des larmes. Quand elle vivait triste et seule dans sa charmante maisonnette, elle envisageait la mort d'un œil calme et tranquille. La mort, ce serait la fin de cet isolement si pénible qui lui pesait tant. Mais maintenant qu'elle était mère, mère des deux jeunes filles du cousin, elle ne voulait plus mourir. Elle était si heureuse! Chaque jour amenait dans l'intelligence des petites de nouvelles merveilles, Valentine et Marie commençaient à jaser si joliment, comme disait la pauvre femme, qu'elle se plaisait à leur faire répéter les mêmes choses des journées entières; et puis ces enfants semblaient annoncer déjà qu'elles seraient sensibles et bonnes; elles rendaient, bien que très-jeunes encore, caresse pour caresse, amour pour amour.

— Oh! quel charmant spectacle! Qui ne le

contemplerait pendant toute une éternité? s'écriait
Philiberthe, quand elle voyait Morin assis, par
les beaux soirs d'été, sous le frais ombrage d'un
bosquet de chèvrefeuilles et de roses, tenant l'une
de ses filles dans chaque bras; quand elle voyait
Valentine d'un côté, Marie de l'autre, posant leurs
têtes gracieuses sur l'épaule du vieillard et mêlant
leurs boucles soyeuses et blondes aux cheveux
blancs du soldat.

— Cousin Pierre, disait alors la bonne fille en
essuyant du revers de sa main les grosses larmes
qui perlaient sur ses joues ridées, je donnerais la
maisonnette et mes 500 fr. de revenu pour avoir
une fille comme vos filles.

— Ne sont-elles pas à vous? murmurait le
vieillard en pleurant aussi, et n'êtes-vous pas
plus heureuse que leur pauvre père, puisque
leur pauvre père n'a jamais contemplé leurs
doux et beaux visages? Cousine Philiberthe,
avant d'être père, je ne savais pas le murmure,
mais....

— Allons, cousin, le bon Dieu est le maître,
et tout ce qu'il fait est bien fait.... Tenez, vous
aimez bien vos filles; eh bien! le bon Dieu, notre
père à tous, nous aime plus encore. Nous devons
donc recevoir de sa main avec une égale reconnaissance la joie et la douleur.

Cette parole rappelait l'aveugle à la résignation,
au devoir. Il essuyait les larmes que lui avait
arrachées le regret de son infirmité, se signait
pieusement et frappait sa poitrine avec effroi, se
souvenant qu'il avait offert sa vie pour que Dieu

accordât un fils à sa Louisa. Le bon Dieu ne lui avait pris que la vue.... S'il murmurait, le souverain maître de toutes choses ne rappellerait-il point à lui cette fille ?

Cependant Valentine et Marie grandissaient dans la maisonnette de la cousine Philiberthe, gaies, rieuses et folâtres, insouciantes de l'avenir, jolies à l'envi l'une de l'autre, faisant l'admiration de tous ceux qui les voyaient. Mais le vieillard, rendu soupçonneux par les confidences de Mariette, laissait rarement voir ses filles et exigeait qu'elles jouassent sur la verte pelouse qui s'étendait derrière la maison plutôt que devant la grille à barreaux verts qui s'ouvrait, fière et coquette, sur la grande route de Compiègne.

— Mon Dieu ! si l'on m'enlevait l'une de mes filles ! faisait parfois le brave homme. Ce serait pour moi le coup de la mort !

Et il frémissait en son âme. Tant de dangers menacent l'enfance ! nos cimetières sont jonchés d'un si grand nombre de ces fleurs que le même jour voit naître et mourir !

— Cousine Philiberthe ! murmurait le bon vieillard, quand ces pressentiments vagues et funestes dévoraient son âme, cousine Philiberthe, regardez bien mes filles.... Ne voyez-vous sur leur visage nul symptôme de souffrance ou de faiblesse ? Ah ! si j'avais mes yeux, je verrais bien, moi, le premier signe du mal sur ces fronts si purs. Cousine Philiberthe, je vous le demande au nom du bon Dieu, regardez bien mes filles, et dites-moi, dites-moi....

L'aveugle n'en pouvait dire plus long. Oppressé, haletant, il inclinait sa tête sur sa poitrine et attendait la réponse de la bonne fille comme un criminel attend son arrêt de la bouche de son juge. Elle était si poignante, si affreuse, cette crainte indicible, cette douleur secrète qui depuis quelque temps assiégeaient son âme!

— Allons, Pierre Morin, vous serez toujours malheureux, répondait la cousine en essuyant la larme qui brillait dans ses yeux déjà rougis de pleurs. N'avez-vous pas dans la maisonnette de la pauvre Philiberthe tout ce qui peut vous donner le bonheur? Et vous ne cherchez qu'à vous faire du chagrin!... On a bien raison de le dire : Exempt de maux réels, l'homme s'en forme même de chimériques. Ce n'est pas que je veuille dire, cousin Pierre, que vous n'ayez de véritables causes de douleur.... La mort de Louisa Bertrand, la perte de vos yeux, oh! je sais que ce sont de bien véritables peines; mais pourquoi vous en faire d'autres encore?

— Ce n'est pas tout cela que je vous demande, cousine. Dites-moi si le visage de mes filles annonce la force et la santé.

— Leurs yeux sont brillants et limpides, leurs joues fraîches et roses....

— A toutes deux?...

Et la bonne Philiberthe, la vérité même, se prenait à mentir en réprimant un sanglot, et elle répétait :

— A toutes deux....

Mais le soupçonneux vieillard devinait dans son

léger tremblement de voix quelque affreux mystère ; et quand la bonne Philiberthe n'était plus là, il appelait Valentine et Marie, tâtait avec inquiétude leurs joues enfantines, les comparant l'une à l'autre.

Un jour, il crut surprendre que le visage de Valentine était moins rond, moins frais que celui de sa sœur, il crut trouver ses mains plus brûlantes.....

Depuis ce jour, l'aveugle ne goûta plus un instant de repos ni de bonheur. En vain les petites essayèrent leurs plus douces caresses, et la bonne Philiberthe les raisonnements les plus convaincants, rien ne put distraire Pierre Morin de l'idée que Valentine était souffrante, que Valentine peutêtre s'inclinait vers la tombe ; et ses lèvres ne connurent plus le sourire, et sa voix ne chanta plus ses gracieuses chansons avec lesquelles tant de fois il avait bercé les orphelines sur ses genoux tremblants.

Philiberthe multipliait ses mensonges.

— Elles se portent toutes deux comme des charmes, répétait-elle.

Et elle aussi était dévorée d'inquiétude et de douleur ; car Valentine, la jolie Valentine, perdait chaque jour les roses de ses joues.

Un jour, elle alla à Compiègne consulter le docteur. Hélas ! les craintes de l'aveugle , les craintes de la cousine n'étaient que trop fondées : Valentine, fille, sans doute , d'une mère poitrinaire, avait sucé avec le lait maternel le germe d'une maladie pour laquelle l'art était impuis-

sant et la nature inflexible. Et pourtant Valentine
était encore gaie et rieuse, souriante et folâtre
comme une enfant de cinq ans.

Il fallait préparer Pierre Morin au coup funeste
qui le menaçait. Philiberthe avoua donc, un jour,
que l'enfant était souffrante ; le lendemain, qu'elle
avait consulté un médecin, et que le docteur avait
ordonné un régime sévère, disant que Valentine
était faible de poitrine et qu'elle avait besoin de
grands soins.

— C'est ma fille ! soupira le vieillard. Ma
Louisa avait une toux déchirante.

Et il versa des torrents de larmes.

Depuis ce jour, il n'y eut plus ni gaîté ni bonheur
à la maisonnette. L'ange de la souffrance y était
descendu à la voix de celui qui sème tour à tour
sous nos pas et la joie et la peine. L'ange de la
mort devait l'y rejoindre bientôt.

IV.

Or, ici commence une longue suite de malheurs.
Peut-être ne voudra-t-on pas ajouter foi à notre
récit, et pourtant il est bien vrai.

Un jour, le facteur vint à la maisonnette de la
cousine. C'était bien rare de voir le facteur piéton,
faisant le service de Compiègne à Estrées-Saint-
Denis, s'arrêter à la jolie grille aux barreaux verts.
Depuis que Pierre Morin habitait le village, le cas
s'était régulièrement présenté trois fois chaque
année : au jour de l'an , à la Saint-Pierre et à la
Saint-Philibert; car Joseph, le petit caporal,
parti en Afrique depuis la mort de sa sœur, ne
manquait point, à ces trois grandes époques , de
se rappeler au souvenir de sa famille et d'envoyer
quelque argent.

Ce jour-là, on n'était ni au 1er janvier, ni à la

Saint-Pierre, ni à la Saint-Philibert. Pourquoi
donc une lettre? Le cœur de la cousine battit vio-
lemment. C'était quelque malheur, sans doute.
Si encore Pierre Morin n'était pas là.... Mais il
avait entendu annoncer le facteur, et il était ac-
couru sur les pas de la bonne fille.

— Deux lettres à l'adresse de Pierre Morin, fit
l'employé des postes.

Le vieillard les saisit en tremblant et les remit
à Philiberthe.

— Les timbres, cousine, murmura-t-il, dites
vite les timbres! Ah! mes yeux! mes yeux!...

— L'une vient d'Afrique.

— Des nouvelles du frère....

— L'autre, de l'Allemagne.

— Oh! n'importe! Occupons-nous d'abord du
petit caporal.

C'était une triste, une bien triste nouvelle que
le petit caporal annonçait en quelques lignes. Il
avait été mortellement blessé dans un combat.
« Si le bon Dieu me donne quelques jours encore,
je vous écrirai, » ajoutait-il. Et il faisait au beau-
frère Morin, à la cousine Philiberthe, aux deux
filles de Louisa, de tendres et touchants adieux.

Cette lettre fut un coup de foudre pour l'aveugle
et la bonne fille. Ils pensèrent tous deux en mourir de douleur.

— Mon Dieu! j'espérais, en descendant dans
la tombe, laisser un protecteur à mes enfants!
s'écria le vieillard. Cousine, qui veillera donc sur
elles?

— Faut pas compter sur moi, Pierre Morin,

répéta Philiberthe, comme déjà elle l'avait dit cent fois. M'est avis qu'il faut que je songe bientôt à mon testament; car j'approche des cinquante-sept, et....

— Ne vous faites pas de mauvaises idées, cousine. Vivez, je vous en conjure, vivez pour mes enfants!...

Et le vieillard se laissa tomber à genoux, murmura sa plus fervente prière, offrant sa vie au bon Dieu pour qu'il multipliât les jours de la cousine Philiberthe ou du beau-frère Joseph.

— Car enfin, il n'est point mort, cousine, fit l'aveugle en pressant les mains de la bonne fille et en mêlant ses larmes aux siennes. Il n'est pas mort; et, quand on est jeune, tant qu'il y a de la vie, il y a de l'espoir.

Philiberthe ne répondit pas; car elle n'avait plus d'espérance.

Pendant tout le jour, on ne parla que de Joseph, et l'on ne songea même pas à décacheter la lettre qui portait le timbre d'une ville d'Allemagne.

Le soir, quand le vieillard et ses filles furent au lit, Philiberthe quitta secrètement la maisonnette, courut au village, alla sonner à la porte du presbytère et demanda un entretien particulier au digne curé de la paroisse.

— Ne serait-ce pas un péché, fit-elle quand elle se trouva seule avec le bon prêtre, ne serait-ce pas un péché de disposer de mon bien?

— Un péché! répondit l'ecclésiastique. Ce que vous avez, Philiberthe, vous l'avez gagné à la

sueur de votre front; vous êtes donc libre de le
donner à qui bon vous semble.

— Mais j'ai des neveux, des nièces, qui natu-
rellement comptent sur ma succession.

— S'ils étaient dans la misère ou dans la gêne,
je plaiderais leur cause. Mais ils sont riches, plus
riches que vous, Philiberthe, et, pourvu que vous
fassiez un noble et saint usage de ces biens, que
la Providence vous a donnés....

— Ah! monsieur le curé, vous connaissez
Pierre Morin et ses filles?

— Laissez-leur tout, Philiberthe. Que devien-
drait l'aveugle avec ses orphelines?

— Mais de faire un testament, cela ne hâtera-
t-il pas le jour de ma mort?

Le ministre de Dieu ne put réprimer un sourire.

— Ne craignez rien, ma bonne fille, fit-il. Une
bonne œuvre peut-elle faire mourir?

— Oh! pourtant, je crains, je crains, monsieur le curé. Tenez, je vais me réconcilier avec
le bon Dieu, et peut-être alors serais-je plus
tranquille.

Philiberthe rentra à la maisonnette, le cœur plus
libre des funestes pressentiments qui l'avaient
rempli tout le jour. Les paroles si douces et si
bonnes du prêtre lui avaient rendu le calme et
l'espoir.

Depuis plus d'une heure, le vieillard l'appelait
dans sa petite chambre; car il s'était souvenu de
la seconde lettre apportée par le facteur. La cousine l'ouvrit : elle était de Mariette, la femme du
bateleur bohémien. La pauvre femme avait souf-

fert, bien souffert. Elle recommandait l'orpheline
et envoyait une légère aumône de 5 fr. Son mari,
qui avait craint d'être inquiété pour la petite Valentine, avait passé en Allemagne avec toute sa
troupe; mais il pensait revenir bientôt à Paris.
Le premier soin de Mariette serait alors de s'informer de Joseph Bertrand, caporal au 19ᵉ de
ligne, pour avoir l'adresse de l'aveugle, et de
faire des recherches pour rendre l'enfant à
Mᵐᵉ de Saint-Céran.

L'aveugle écoutait en silence. Il pleurait de
joie; car une nouvelle espérance venait de tra-
verser son âme: ne connaîtrait-il point enfin sa
fille? Et si l'on retrouvait Mᵐᵉ de Saint-Céran,
Mᵐᵉ de Saint-Céran ne protégerait-elle point l'orpheline de celui qui avait recueilli son enfant?
Mais bientôt cette espérance s'évanouit comme
un songe, laissant après elle une cruelle décep-
tion. Comment Mariette pourrait-elle découvrir
la retraite du vieillard, puisque le petit caporal
n'était plus?

— O mon Dieu! mon Dieu! s'écria l'aveugle,
donnez des jours à Joseph! Ayez pitié de mes
enfants!

La cousine Philiberthe lisait et relisait la lettre.

— Qu'est-ce que cela veut dire? qu'est-ce que
cela veut donc dire? répétait-elle en tirant
Pierre Morin par la manche. Cousin, répondez
donc.

Ce ne fut que bien longtemps après que le
vieillard fut en état de raconter à Philiberthe ce
qui s'était passé la nuit de la mort de Louisa. Il

n'y avait plus moyen de rien cacher, puisque la
cousine avait lu la lettre.

— Ah ! que c'est beau, cousin Pierre ! s'écria
Philiberthe en joignant les mains et en les levant
vers le ciel. Ne savoir où trouver le pain du lendemain et adopter une orpheline !... C'est bien
là la véritable charité, cette charité ardente qui
croît tout, qui espère tout... Ah ! soyez béni,
Pierre Morin, soyez béni ! Mais le bon Dieu vous
contemple avec amour de la splendeur de sa gloire
et vous réserve l'une des plus belles places de
son paradis.

L'aveugle, tout à ses réflexions, n'écoutait pas
les belles paroles de sa cousine. Il murmurait à
voix basse, en se frappant le front avec désespoir :

— Ah ! mon enfant ! mon enfant !... Mariette
ne dit pas celle qu'elle a marquée !... Cousine,
ajouta-t-il en gémissant, si vous saviez combien
mes pressentiments sont affreux, horribles !... Je
sens, j'en mourrai de douleur ! Ah ! que je souffre,
que je souffre !...

— Dites donc, Pierre, pour que je souffre avec
vous.... La souffrance partagée semble moins
cruelle.... Pourquoi ne m'avez-vous pas confié
votre secret plus tôt à moi, votre cousine, la mère
de vos enfants ?...

— Peut-être, cousine, n'auriez-vous plus éga-
lement aimé Valentine et Marie.

— Ne les aimiez-vous pas, vous leur père,
comme si toutes deux étaient filles de Louisa ?

— Oui, cousine, parce que je ne sais pas laquelle est mon enfant. C'est bien mal peut-être, puisque j'ai adopté l'autre au pied du lit de mort de ma Louisa. Mais si je connaissais ma fille, je l'aimerais de cet amour de préférence que je sens en mon âme et que je ne sais à qui prodiguer. Au moins, mon Dieu! puisque vous ne permettez pas que je retrouve encore mon enfant, délivrez-moi de ces craintes funestes qui déchirent mon cœur.

— Ces pressentiments?...

— Je vais vous les dire, Philiberthe, puisque vous êtes la mère de mes enfants : il me semble que Valentine....

Le vieillard s'arrêta; mais Philiberthe comprit la pensée qui expirait sur les lèvres du pauvre père; c'était une pensée de mort....

— Dites, Pierre, dites.... Je pleurerai avec vous, fit la bonne dame en arrosant de larmes brûlantes les mains décharnées de l'aveugle.

— Et ils diront peut-être que l'autre est leur fille, et ils me l'enlèveront, et je serai père sans enfant.

— Pierre, il faut rester au village. Qui pourra vous trouver ici? Vos filles seront riches un jour, cousin ; car je veux leur laisser par testament la jolie maisonnette et mes 500 fr. de rente. Avec cela, elles trouveront de bons maris et elles nous donneront des petits-enfants qui réjouiront nos vieux jours.

Un éclair de joie brilla dans les yeux éteints de l'aveugle. Il couvrit de baisers et de larmes de reconnaissance la main que lui avait abandonnée Philiberthe, et il murmura :

— Merci, mon Dieu, merci! vous avez donné
une mère à mes enfants, et maintenant vous leur
donnez du pain.

Le lendemain, dès le matin, la cousine courut
à Compiègne. Elle voulait immédiatement assurer
l'avenir de Pierre Morin et de ses filles; crainte
d'un accident, disait-elle; elle voulait dicter, le
même jour, son testament au notaire de la ville.
Mais le notaire était absent pour une quinzaine.
Philiberthe revint tristement au village. Elle eut
bien l'idée d'aller trouver monsieur le curé ou le
maître d'école; mais elle s'imagina que faire écrire
son testament par le ministre de Dieu pourrait
la faire mourir plus tôt, que par le maître d'école
il serait mal peut-être, et elle se résigna à attendre le notaire. D'ailleurs, elle n'avait encore
que cinquante-sept ans.

Mais les décrets de l'éternelle Providence sont
impénétrables.

Le dimanche suivant, tout le monde se préparait, à la maisonnette, à aller à la grand'messe;
car Pierre Morin et la cousine n'auraient pas
voulu manquer à ce devoir impérieux du jour
du Seigneur, et ils y portaient Valentine et
Marie, quand elles étaient encore toutes petites.

— Allez donc dire à la cousine qu'elle oublie
l'heure et que la grosse cloche a sonné, dit le
vieillard en envoyant les enfants chercher Philiberthe, qui était allée cueillir des herbes au
jardin.

Au bout de quelques moments, les petites re-
vinrent en criant et pleurant : elles avaient trouvé

là bonne dame étendue sur le sol, et elles l'avaient appelée en vain.

L'aveugle frémit.... Il courut au jardin, guidé par ses deux filles, s'agenouilla près de Philiberthe, lui tâta le cœur et les mains.... Hélas! le cœur avait cessé de battre et les mains étaient glacées déjà.... Il remplit l'air de ses cris en appelant au secours. Mais qui pouvait l'entendre sur la verte pelouse derrière la maison?... Toujours conduit par les deux petites, qui sanglotaient de toutes leurs forces, il se rendit à la grille, implorant l'assistance des passants. Les passants coururent au lieu indiqué. L'alarme se répandit. Le docteur arriva, le bon curé aussi. Il était trop tard!... Frappée d'une attaque d'apoplexie foudroyante, la bonne fille était morte instantanément avant même cette cinquante-huitième année qu'elle avait tant redoutée.

Pierre Morin ne pensa pas à la maisonnette, aux 500 fr. de rente; il ne songea qu'à la perte de celle qu'il nommait avec tant de reconnaissance la mère de ses enfants.... La douleur qu'il éprouva fut trop vive pour qu'elle se révélât par des pleurs. Il resta impassible, atterré, pâle d'effroi, muet de désespoir.... Il serait mort dans cette crise violente de la nature, si les sanglots, si les caresses de ses filles ne l'eussent rappelé à lui. Alors, se ravivèrent plus poignantes, plus affreuses, plus terribles, ses craintes de père; et, un instant égaré par l'excès de la souffrance, il se prit à souhaiter d'entraîner au tombeau les malheureux enfants de sa Louisa.

3.

Suivit un triste jour , plus triste encore peut-être que celui du trépas, le jour des funérailles.

— Ma Louisa! ma Louisa! Joseph! Philiberthe! criait le vieux soldat.

Et il reportait un long regard sur sa vie tout entière. Ah ! pourquoi avait il aimé la jeune Française de Waterloo? Pourquoi n'était-il pas tombé sur le champ d'honneur avec tant d'autres qui avaient trouvé dans les combats une glorieuse mort? Pourquoi?... Les chants funèbres, ces chants si lugubres et qui déchirent l'âme, l'arrachaient à ses vieux souvenirs.... Mais ces chants funèbres qui transperçaient son cœur, il les entendrait encore ; car Valentine....

A cette pensée, plus poignante encore que toutes les autres pensées qui le torturaient, il murmurait à demi-voix ce nom de Valentine, ce nom chéri de son enfant !

— Père ! faisait l'enfant, qui tenait l'une de ses mains en suivant au champ du repos le triste convoi, pendant que Marie pressait l'autre.

— Tu es là, ma fille !... Oh ! ne me quitte pas, mon enfant....

Et le malheureux essayait un sourire, un sourire d'amour, au milieu de ses larmes, et il souriait aussi à l'autre enfant, son second bonheur. Mais parce qu'il craignait de perdre Valentine peut-être, il lui semblait que Valentine lui était cent fois plus chère. Puis il pensait à Mariette, à Joseph, et répétait avec espérance encore — l'espérance est si douce et si naturelle au cœur de l'homme — ces mots de la lettre du petit capo-

ral : « Si le bon Dieu me donne quelques jours,
je vous écrirai. » Quelques jours s'étaient écou-
lés ; mais la blessure du jeune soldat était peut-
être longue, difficile à guérir.... Ah ! si le frère
de Louisa n'était pas mort !

Dès le lendemain, l'aveugle, après avoir vaqué
à tous les petits soins dont il était capable, s'installa auprès de la grille, attendant le facteur.
Hélas ! il gémit là bien des jours, et le facteur
n'apporta nulle missive à l'adresse de Pierre
Morin.

Pendant ce temps, on cherchait le testament
qu'avait pu faire Philiberthe.

— Les vieilles filles ont des manies, disait-on.

Et l'on remuait tout.

Mais, au grand contentement des neveux et des
nièces, Philiberthe n'avait point testé.

Le bon curé, qui avait reçu, comme nous l'a-
vons dit, les confidences de la défunte, voulut
élever la voix en faveur de Pierre Morin et de ses
filles ; il ne fut point écouté. Pierre Morin fut
chassé de la jolie maisonnette où il avait été si
heureux pendant trois grandes années, et qu'il
avait regardée, d'après les promesses de la cousine, comme l'héritage de ses enfants.

L'aveugle pria, pleura, supplia.

— Ah ! disait-il, au moins laissez-moi passer
ici les temps rigoureux de la froidure ! Voyez, je
ne sais où porter mes pas.... Que deviendront
mes filles ? Vont-elles donc mourir de faim et
de froid ? Ma pauvre Valentine n'a plus que peu
de jours à vivre ; voulez-vous donc, par de nou-

velles souffrances, abréger le nombre de ce peu
de jours?

Les héritiers de Philiberthe furent inflexibles.

— Assez longtemps, disaient-ils, l'aveugle avait
injustement occupé la maisonnette; et sans lui,
sans les deux jumelles, la défunte aurait fait des
économies.

Pierre Morin se retira dans une chaumière abandonnée à la misère par la charité publique, et il y
vécut des aumônes des bons habitants d'Estrées-
-Saint-Denis. Mais ces aumônes blessaient la juste
fierté du vieillard. Vingt fois il fut sur le point de
les refuser, bien qu'elles fussent faites avec
toute la délicatesse possible; vingt fois aussi il
pensa à ses filles, et il foula par amour son orgueil sous ses pieds.

Que de larmes ne versa-t-il pas dans l'humble
cabane! que de prières n'adressa-t-il pas au Seigneur! Mais, hélas! il plaisait à Dieu d'éprouver
son fidèle serviteur par les souffrances, et, plus
il priait, plus il pleurait, plus la douleur semblait
devenir pénible et cuisante et le chagrin pro-
fond...

Nous nous trompons, la prière apportait à
l'âme désolée du vieillard je ne sais quel baume
divin, quelle force céleste qui lui faisait supporter avec une angélique résignation tous les maux
dont il plaisait à Dieu de l'accabler; mais ces
maux semblaient augmenter chaque jour.

Ah! si ce n'eût été que l'isolement, que l'abandon, que le froid, que la faim! Mais Valentine
touchait à la dernière période de sa cruelle ma-

ladie, les nuits de l'enfant étaient sans sommeil,
ses jours sans repos ; une plainte continuelle s'é-
chappait de ses lèvres décolorées ; sa tête était en
feu, ses mains brûlantes aussi.....

— Mon enfant !... Mon Dieu ! rendez-moi mon
enfant, disait le vieillard, agenouillé pendant de
longues heures au pied du grabat, où languissait
sa fille. Ma pauvre Valentine ; si, au moins, je
pouvais te soulager ! Mais je suis un monstre de
te laisser ainsi mourir sans secours. Peut-être la
médecine aurait-elle un secret qui te rendrait la
vie ; peut-être...

Ce n'était que de loin en loin que l'un des doc-
teurs de Compiègne, allant à Estrées-Saint-Denis, s'arrêtait à la cabane du vieux sergent. Qu'y
aurait-il fait plus souvent, puisque l'art était im-
puissant à guérir le mal qui dévorait l'orpheline ?
Mais ceux qui entourent un mourant ont espoir
jusqu'au dernier souffle.

Une nuit, le vieillard conçut une pensée, une
pensée dont il remercia Dieu.... Il irait à Paris,
car à Paris existaient des hôpitaux pour les enfants et, d'ailleurs, lui, vieux soldat, sergent
de l'Empire, après trente-cinq ans de service,
après trois ou quatre honorables blessures, de-
vait-il achever ses jours dans la misère ? Il avait
servi la patrie ; la patrie le laisserait-elle mourir
de douleur ?

— Non, la patrie est noble, généreuse, faisait
Pierre, et elle sait récompenser ses fidèles servi-
teurs.

Cette même nuit, Morin se souvint qu'il possé-

dait encore la cabane et le petit champ, héritage
paternel. Il songea à les vendre.

— O mon Dieu ! qu'allais-je faire ? s'écria-t-il
tout à coup. Vendre l'héritage de mes filles !

Mais il entendit la voix gémissante de la jeune
malade, la toux qui déchirait sa poitrine, et il
n'hésita plus. Le prix de la chaumière procurerait
quelque soulagement à la mourante et subvien-
drait aux premiers frais d'établissement dans la
capitale.

Le lendemain, dès le matin, il se fit conduire
par Marie chez le maître d'école. Il voulait prier le
magister d'écrire en son nom au digne curé du village natal pour lui demander de vendre la cabane.

Nous ne dirons pas les pensées de douleur et
d'espoir qui se succédèrent pendant le chemin
dans l'âme désolée du vieillard. Avec de l'argent,
il arracherait peut-être son enfant à la mort, et
cette pensée excitait en son cœur des sentiments
d'envie, de jalousie, de haine contre les héritiers
de Philiberthe, sentiments qui le déchiraient de
remords.

— De l'argent ! murmurait-il à demi-voix et
avec un sourire, de l'argent !... Ah ! aurais-je ici
les trésors et les mines du Pérou, que je serais
heureux de tout sacrifier pour racheter la vie de
mon enfant ! Mon enfant ! mon Dieu ! mon enfant !
Et la misère, la souffrance, tout ce que vous voudrez, la mort !...

Et pourtant, pour ses filles, l'abandon, l'isolement, la misère, la mort l'effrayaient, et il reprenait dans son délire :

— Faites-moi souffrir, Seigneur, frappez votre victime, mais épargnez mes enfants !

Un instant après, il lui semblait arriver dans la capitale, déposer son enfant dans l'une de ces maisons de charité où elle retrouverait une mère et de tendres soins, et alors il hésitait à vendre la cabane.... Que léguerait-il donc aux filles de sa Louisa ? Rien que la misère, que le désespoir....

— Oh ! non, oh ! non ; les orphelines seront heureuses, fit-il ; elles recueilleront, partageront le petit bien des Morin, se marieront avantageusement, et le vieux sergent bercera encore dans ses bras débiles les premiers-nés de ses enfants.

Et il était si enthousiaste, Pierre Morin, qu'il s'arrêta à cette pensée d'espérance, quitta le chemin du village et retourna à la chaumière, ne songeant plus qu'au départ.

Le lendemain, dès le matin, il s'agenouillait pour la dernière fois aux pieds de la grossière statue de la bonne Vierge qu'on vénérait à Estrées-Saint-Denis, consacrait ses deux filles, qui pleuraient près de lui, à la divine mère de Jésus, et implorait pour ses orphelines et pour lui la bénédiction du bon et charitable pasteur du hameau.

V.

Qui n'eût été attendri jusqu'aux larmes en voyant un bon vieillard aveugle, portant entre ses bras tremblants une enfant mourante, guidé par une petite fille plus belle que les anges, s'avancer chancelant sur la grande route qui va de Compiègne à Paris?

Ainsi marchait Pierre Morin, la tête inclinée sur sa poitrine, les yeux baignés de larmes, écoutant à peine les enfantines et nombreuses questions de la gentille Marie, répondant par une plainte et mille tendres baisers à chaque plainte de l'infortunée Valentine.

Il pleurait, ce bon vieillard, et pourtant l'espérance, cet ange mystérieux et aimable qui nous conduit du berceau à la tombe par de si riants sentiers, remplissait son âme. A Paris, le rendez-vous et le séjour des savants, ne trouverait-on pas le moyen d'arracher à la mort la malheureuse Valentine? Mais une pensée désolante succédait aussitôt à cette lueur d'espoir : le soldat arriverait-il dans la grande ville avant que l'âme de son

enfant se soit envolée dans le paradis? Et Pierre
Morin hâtait sa marche chancelante.

— Père, tu pleures, disait à tout instant la
petite Marie, tu pleures de grosses larmes!...
Qu'as-tu donc?

A cette voix si douce, si aimable, si pleine
d'affection et de respect, le vieillard pleurait encore plus fort.

— Ah! disait-il au milieu de ses sanglots, c'est
que ta petite sœur va mourir!...

— Mourir!... répétait l'enfant étonnée.

Et Marie pressait la main décharnée de l'a-
veugle.

— Et elle sera un ange, reprenait-elle, un ange
du bon Dieu!... Oh! elle sera bien heureuse,
père! Elle verra maman Louisa, n'aura plus
froid, n'aura plus faim, ne couchera plus sur la
paille dans une noire cabane. O père, je veux aller
avec elle, et toi avec nous, et nous serons tous
des anges!

— Tu as raison, Marie, il faut tous deux aller
avec elle, fit le sergent avec effort.

Ah! pourquoi dans cet instant où la vie lui était
si amère, où l'existence ne lui semblait plus
qu'un fardeau pesant, pourquoi le canon d'Austerlitz ou de Wagram, de la Moskowa ou de Waterloo, n'était-il pas là? Pourquoi le même bou-
let n'emportait-il pas le vieux soldat et ses orphelines?

Sur le soir, le vieillard s'arrêta dans un petit
village dont il ignorait même le nom. On lui
donna l'hospitalité dans une pauvre grange dé-

pendant d'une auberge, et là il déposa son pré-
cieux fardeau sur un peu de paille. Ce u'est pas
qu'il n'eût pu marcher encore, le malheureux
Morin; son désir d'arriver bientôt à la capitale
doublait son courage et lui faisait mépriser la
fatigue et la souffrance; mais Marie, la pauvre
Marie, avait les pieds en sang et tombait épuisée
à tout pas !..

— Reste près de Valentine, dit l'aveugle à
Marie, que j'aille chercher un médecin.

Car les craintes, l'effroi du malheureux père,
redoublaient à toute minute, à tout instant. Déjà,
par trois fois, il avait appelé Valentine depuis
qu'il était dans la grange, et Valentine n'avait
pas répondu à ses accents déchirants.

Le docteur accourut sur les pas du vieillard,
ranima l'enfant, promit de revenir le lendemain
matin avant le départ du voyageur. Et Pierre
alors tendit au docteur, dont les paroles lui rendaient l'espérance, sa dernière pièce de vingt
sous....

— Gardez, gardez, pauvre père, murmura
l'homme charitable en glissant lui-même quelques pièces de monnaie dans la main de la petite
Marie.

Ému jusqu'aux larmes de cette tendresse, de
cette douleur de père qu'il lisait sur les traits
décomposés du vieux soldat, frémissant de pitié
à la pensée que l'enfant allait expirer entre les
bras de l'aveugle et sans secours, à son heure
dernière, il alla chercher la bonne sœur de charité qui faisait l'école aux petites filles du village.

Quelques minutes après, l'humble fille de
Saint-Vincent de Paul s'agenouillait, dans la
grange, auprès de l'enfant mourante, lui prodiguait des soins et des caresses maternelles,
pressait les mains décharnées du vieux sergent
avec une tendresse toute filiale, lui suggérait
mille et une pensées non plus d'espoir, mais de
résignation.

Nous disons mal : la résignation près du cadavre d'une personne qui nous est chère, c'est
l'espoir encore; car, cette personne, nous sa-
vons que nous ne la quittons pas pour toujours,
quand nous croyons, quand nous espérons.

Vers minuit, Valentine entra dans une pénible
agonie.... Au point du jour, Pierre Morin n'avait
plus qu'une fille !

Alors, au milieu de sa douleur poignante,
amère, le vieillard se demanda, pour la millième
fois peut-être depuis les cinq ans qu'avait com-
mencé son triste veuvage, si c'était Valentine, si
c'était Marie, que la bohémienne avait marquée
du nom béni de la mère de Dieu.

— Ah! c'est mon enfant! c'est mon enfant!
faisait-il au milieu de ses sanglots. Ma sœur, dit-
il tout à coup, après de longues réflexions et en
interrompant la bonne fille de Saint-Vincent, qui
roulait dans ses doigts les gros grains de son
chapelet, ma sœur, dites-moi, de grâce, si l'enfant qui me reste porte sur l'épaule droite le nom
aimé de Marie.

L'humble sœur déshabilla la petite fille qui
dormait de son sommeil d'ange auprès de l'autre
enfant, qui dormait de son sommeil de mort.

— Oui, dit-elle, oui, bon père; et c'est une sainte pensée que celle de graver ainsi avec des caractères ineffaçables ce nom révéré dans le ciel et sur la terre.

Et l'aveugle prit Valentine dans ses bras, pressa avec amour l'enfant glacé et immobile.

— Mais non, fit-il, je m'abuse, celle-ci est la fille de ma Louisa.... J'ai éprouvé un déchirement de cœur trop cruel quand j'ai reçu son dernier adieu, quand j'ai entendu sa dernière plainte, quand j'ai recueilli son dernier soupir dans mes embrassements paternels.

Il posa doucement sur son lit de paille l'enfant inanimée, étreignit à son tour Marie, sur qui il reportait toutes ses affections, toutes ses espérances de père.

— Oh! elle est ma fille! murmura-t-il, Marie est la fille de ma Louisa!

Et dans sa cruelle incertitude, incertitude que la mort rendait encore plus affreuse, il baigna de larmes brûlantes les deux enfants de son amour.

Quand Pierre Morin eut accompagné dans l'humble cimetière du hameau le corps de l'ange qui avait été son enfant; quand, agenouillé au bord de la tombe de l'infortunée créature, il eut solennellement joint par souvenir et amour le nom de Valentine au nom de Marie, que portait la fille qui lui restait; quand la sœur jumelle de Valentine eut effeuillé sur le pauvre cercueil de la petite sœur les couronnes de roses blanches que la bonne religieuse avait attachées sur le drap

mortuaire; quand elle eut planté sur le tertre bénit la croix que l'aveugle avait formée de deux
branches d'ormeau, le vieillard et son enfant
quittèrent le village et suivirent lentement la
grande route qui mène à Paris. Pourquoi le vieux
soldat eût-il désormais hâté sa marche chancelante et pénible, puisque chaque pas l'éloignait
d'une de ses enfants et le conduisait dans une
ville bruyante où de nouvelles déceptions et de
nouvelles souffrances l'attendaient peut-être encore?

Tout à sa douleur, tout à ses réflexions, Pierre
Morin marchait en silence, pressant de temps à
autre la main de son enfant, et redisant d'une
voix coupée de sanglots :

— Tu es là, Marie-Valentine? tu es là?...

Il insistait sur ce nom qui était à la fois pour
lui un doux et amer souvenir, Marie-Valentine.

La petite fille ne répondait pas, mais elle bai-
sait mille fois la main du vieillard, et le vieillard
sentait les larmes qui inondaient les joues de
l'orpheline.

Mille pensées diverses agitaient ce jeune cœur :
douée d'une rare intelligence, d'une raison
précoce, d'une mémoire étonnante, Marie-Valentine se reportait, en esprit, aux beaux jours
qu'elle avait passés dans la maison de la cousine
Philiberthe, aux jours si tristes de la pauvre cabane, aux jours funèbres qui venaient de s'écouler.

— Père, ne verrai-je plus jamais Valentine?
faisait-elle avec effroi, en se souvenant de l'affreuse cérémonie de l'enterrement.

Ces mots ravivaient la douleur du vieillard ; mais les sanglots de son enfant lui faisaient mal, mais la crainte que le chagrin n'altérât la santé de sa fille était déchirante ; et il répondait, en affectant le plus grand calme : — Écoute, Marie-Valentine, écoute-moi bien, je vais te parler sérieusement, parce que tu es maintenant une grande fille.... Il ne faut plus pleurer Valentine, car Valentine est plus heureuse que toi. Elle est avec le bon Dieu, bercée doucement sur les genoux de cette maman Louisa que tu n'as jamais vue.

— Je sais bien, mais je voudrais revoir Valentine ou aller avec elle.

— Tu iras, ma fille ; mais pour cela, il faut sécher tes larmes, être bien sage et aimer Dieu.

Le vieillard et sa fille marchaient seulement cinq ou six heures par jour ; car Pierre Morin craignait de fatiguer son enfant. L'après-midi, ils s'asseyaient sur quelque pierre de la route, malgré le froid ; le soir, ils couchaient dans l'étable d'une ferme, dans l'écurie d'une maison bourgeoise ou dans la chaumière du pauvre, car le pauvre a bon cœur et partage volontiers son pain et son gîte avec plus pauvre que lui.

Enfin, on arriva à Paris. L'orpheline ouvrit de grands yeux quand elle vit tant de maisons, tant de voitures, tant de monde.

— Père, fit-elle, ah ! c'est bien plus grand que Compiègne, Paris, c'est bien plus beau !... Mais comment faire, ajouta-t-elle, pour marcher ici ? Père, j'ai bien peur.

Et il lui échappa cent autres exclamations enfantines et naïves, qui arrachèrent plus d'un sourire au vieillard affligé.

Ce fut bien autre chose quand la petite traversa l'une de ces rues populeuses et bruyantes,
garnies des plus somptueuses boutiques. Elle
s'arrêta à chaque maison, disant tout haut son
étonnement, son admiration et sa joie.

— Ah! si Valentine était là, comme elle serait
heureuse de voir tant de belles choses! faisait-
elle de temps à autre.

Le vieillard soupirait et reprenait ses larmes.

— Oh! la belle église! s'écria tout à coup l'orpheline.

Cette église était celle de Saint-Roch; car depuis plusieurs heures déjà Pierre Morin et sa
fille marchaient à peu près au hasard par les rues
de Paris.

— Entrons-y, ma fille, dit le vieillard.

Le vieux soldat demanda à son enfant de le
conduire devant l'autel de la Vierge. Cet autel,
la petite fit bien des tours dans le magnifique
édifice sans parvenir à le trouver; car elle ne
voyait pas de bonne Vierge portant une jupe de
soie bleue et un voile tout parsemé d'étoiles
d'argent, comme la bonne Vierge d'Estrées-
Saint-Denis, ni une statue toute dorée comme à
Compiègne.

Pierre était venu bien des fois à Paris avec son
régiment, mais il n'avait jamais visité Saint-Roch.

— Dis-moi un peu, Marie, fit-il, dis-moi ce
que tu vois sur les autels.

Et Marie dépeignit chaque statue, chaque tableau, avec sa grâce et ses expressions enfantines.

— Ici, dit-elle enfin, il y a un enfant qui pleure couché sur un peu de paille, tout comme Valentine, père, et il tend ses petits bras à sa mère comme Valentine te tendait les siens et aussi à la bonne sœur Marguerite, qui est venue l'habiller tout de blanc et la parer de guirlandes. Oh! bien sûr, c'est le petit Jésus, père.... D'un côté, la bonne Vierge le regarde avec tendresse et bonheur, comme nous regardait cousine Philiberthe; de l'autre, un bon vieillard comme toi, mais il ne paraît pas aveugle, lui. Oh! il est bien heureux! Il peut voir son enfant, et toi, père, tu ne vois pas, tu ne voyais pas ta Valentine.

Le vieillard, ému, posa ses lèvres tremblantes sur le front pur de celle qu'il nommait en son âme la fille de Louisa et y déposa cent et un baisers. Puis il s'agenouilla pieusement sur la dalle humide du temple de Dieu, courba son front dans la poussière, tenant toujours son enfant.

Il y avait une semaine, jour pour jour, qu'il avait quitté Estrées-Saint-Denis, qu'il avait imploré pour les deux orphelines la bénédiction de la mère de Dieu.

— Oh! non, oh! non, fit-il à demi-voix, ce souvenir n'est pas un murmure.... Mais, Marie, ajouta-t-il, conservez-moi, au moins, le dernier bien qui me reste.... Veillez sur ma fille comme vous veillez avec tant de sollicitude, tant d'amour sur l'Enfant-Dieu. Je vous la consacre, je

vous la donne.... Qu'elle soit maintenant votre
enfant, votre fille à vous....

L'aveugle pria longtemps, baisa cent fois le
pavé du temple et se retira consolé, fortifié, plein
d'espoir encore ; car la prière console, et rend
l'espérance aux plus désespérés.

En quittant le sanctuaire, Pierre Morin se di-
rigea de son mieux vers ce quartier populeux et
alors si sale qu'on appelle la Cité.

La Cité, c'est le vieux Paris avec ses maisons
étroites et hautes qui datent de plusieurs siècles,
avec ses rues sombres et serrées, avec ses ruis-
seaux fangeux. Aujourd'hui, la Cité devient
propre et coquette ; elle abat ses masures, élargit
ses trottoirs et ses rues. On la croirait jeune, née
d'hier, si ce n'était sa vieille cathédrale, sa sainte
Chapelle élevée par saint Louis, et son palais de
justice, cet antique séjour des bons rois capétiens,
monuments qui font sa gloire et son orgueil.

Dans la Cité, le vieillard trouva un garni à bon
compte et une table à peu de frais. Mais quel
garni, mon Dieu ! ou plutôt quel galetas ! Toute
la nuit on n'entendit que disputes, jurons et
chants licencieux. Pierre Morin ne dormit pas.
Ah ! si dans un tel bouge, repaire de bandits et de
gens infâmes, on allait lui ravir son enfant ! Au
point du jour, il descendit à la hâte, et guidé
par sa fille, les cinq étages qu'il avait montés
pour arriver à la mansarde qu'on lui avait assi-
gnée, paya son écot de la veille et son logement
de la nuit, et sortit de cette maison affreuse.

— Tiens ! Monsieur ne se trouve pas bien ! s'é-

4

cria l'hôtesse. C'est un grand seigneur, sans
doute! Il lui faut une chambre tapissée de velours
et de soie pour les trois sous qu'il paie par nuit!

Toute la compagnie, en train de boire le coup
du matin et de trinquer avec cette femme aux
joues rebondies et enluminées, se mit à rire.

— C'est égal, fit un homme chétif et malpropre,
coiffé d'une sorte de turban rouge et vert, et vêtu
d'une veste brodée de paillettes noircies; c'est
égal, il a une belle enfant, et s'il voulait la
vendre....

— T'en as pas encore assez avec les dix qui te
restent? s'écrièrent plusieurs voix.

— Oh! dans le métier, plus il y a d'enfants,
plus le gain est gros.

— Allons, si la petite était plus jeune, reprit
l'hôtesse, ce serait peut-être rendre service à
l'aveugle que de lui dire de se méfier; mais elle
paraît bien avoir six ans; et à six ans un enfant
ne se laisse pas prendre; il se rappelle, il com-
prend, il se plaint et il parle....

— Tais-toi, Catherine! vociféra le petit homme
en montrant à l'horrible femme deux poings vigoureux, on pourrait croire...., et, dame! sur
notre conscience pas un crime, voyez-vous.... Et
ce serait un crime ce que vous dites là. Mais
voilà les femmes! Elles parlent sans peser leurs
paroles et elles risquent de compromettre les
honnêtes gens. C'en était fait de moi, s'il était
passé dans le moment quelque officier de police
ou s'il s'était trouvé dans l'honorable société
quelque mouche bourdonnante.

— Frères ! frères ! s'écrièrent les trinqueurs d'une seule voix et en remplissant de nouveau leurs verres. D'ailleurs, tu te défends bravement, François Laurent, tu parles tout comme un avocat. Mais laissons là l'aveugle et sa fille, et disnous la fin de tes aventures en Allemagne.

— Attendez, attendez un peu, dit le bohémien avec embarras, j'ai une petite course à faire, pas loin d'ici. Je ne serai qu'un instant.

Il s'élança hors de la taverne, parcourant toutes les petites rues adjacentes, espérant retrouver le vieillard et son enfant, pour leur faire, disait-il en lui-même, des propositions honnêtes.... Une fois que la jolie enfant ferait partie de sa troupe par contrat signé, rien ne serait plus facile que de se débarrasser de l'aveugle,... Mais l'infâme ne vit personne.

C'était la Providence qui avait sauvé Pierre Morin et sa fille du danger qu'ils couraient sans s'en douter, en inspirant au pieux vieillard d'aller entendre la messe à Notre-Dame avant de se présenter dans les bureaux du ministère de la guerre pour solliciter une pension.

— Je parie qu'il flaire les traces de l'aveugle, dit l'honnête hôtesse, quand François Laurent fut parti.

— Je parie qu'avant huit jours la petite fille dansera sur ses planches maudites, murmura une autre voix.

— Il dit que le séjour de trois ou quatre ans en Allemagne était indispensable pour ses affaires, reprit Catherine à voix basse, je le crois

bien! On raconte, je le tiens d'un jeune homme
de la troupe, son soi-disant fils aîné, on raconte
qu'il perdit dans un petit village de l'Alsace une
enfant volée, une enfant de grande maison, à ce
qu'il paraît, que le maire de l'endroit demanda
l'acte de naissance pour faire des recherches ;
que François Laurent trompa le magistrat par
son air de bonne foi, décampa pendant la nuit et
passa à l'étranger. C'est que c'est grave! Mais
chut! le voici!

Nos jeunes lecteurs ont reconnu dans François
Laurent l'infâme époux de la malheureuse Mariette.

Le bohémien reprit la place qu'il avait un instant quittée, avala deux ou trois verres de vin
blanc, et continua, à la grande satisfaction des
habitués de la taverne, le récit de ses aventures.

En quittant Notre-Dame, Pierre Morin se rendit au ministère de la guerre. Il s'imaginait, le
brave homme, qu'il n'avait qu'à se présenter,
à affirmer qu'il était vieux soldat, pauvre et in-
firme, pour obtenir une pension. Mais le con-
cierge l'arrêta brusquement, lui demandant où il
allait. Le sergent lui exposa sa requête avec autant de détails, autant de prières qu'il l'eût fait
au ministre en personne. Au moins, la prolixité
de sa réponse et ses ardentes supplications lui
valurent-elles les bonnes grâces du portier, et
cet homme voulut même bien le conduire alors
dans les bureaux d'où il supposait que dépendait
la chose. Dans les bureaux, Morin ne put s'adres-
ser qu'aux employés subalternes, et encore ceux-

ci le reçurent assez mal, lui disant que, pour parler au chef, il fallait revenir à certain jour ou faire une demande d'audience.

Le vieux soldat se résigna à attendre le jour indiqué et se retira tristement.

— Mais qu'allait-il faire? Les aumônes données par le bon docteur qui avait soigné Valentine et par sœur Marguerite s'épuisaient. Lui faudrait-il donc mendier? Absorbé dans cette douloureuse pensée, il traversa le pont Royal. Les sons d'un orgue de Barbarie vinrent frapper ses oreilles.

— Qui joue cet air, Marie-Valentine? demanda-t-il à sa fille.

— Père, c'est un bon aveugle, répondit-elle timidement; car elle craignait d'affliger son père.

Morin ne dit plus rien, mais il gémit au fond de son âme. Peut-être, un jour, serait-il condamné à implorer la charité publique.

Au jour indiqué, il retourna au ministère, vit le chef, lui raconta ses malheurs, lui dépeignit sa misère.... Trente-cinq ans de service devaient-ils donc rester sans récompense?

— Mais vous avez tous vos membres! fit le chef avec impatience, trouvant les récits du sergent un peu détaillés.

— Ce n'a pas été manque de m'exposer au feu, répondit Pierre. Je vous l'ai dit, Monsieur, je voulais mourir alors, mourir glorieusement, et quand un soldat cherche la mort dans la gloire, il méprise le danger.

— Oui, mon brave; mais s'il fallait que le roi

pensionnât tous ceux qui suivent la carrière des armes....

— Tous, heureusement, ne sont pas aussi misérables que moi.

— Et, d'ailleurs, mon pauvre homme, vous serviez un autre maître. Les jours de l'Empire sont passés, et....

— Ah! plût à Dieu que les jours de l'Empire cussent duré toujours!... Mais, sous les ordres du chef du gouvernement, je servais la patrie; et c'est à la patrie, à qui j'ai consacré tout ce que j'avais de jeunesse, de santé, d'avenir, d'espérance, que je demande du pain.

— Tout cela est très-bien; mais je ne puis rien pour vous, mon brave. Vous auriez dû, en quittant le service, faire valoir vos droits à une pension ou à des secours. Qui voulez-vous qui se souvienne maintenant du sergent Morin? Quelques vieux grognards de l'Empire peut-être, mais ils sont en petit nombre, et les chefs qui auraient pu attester vos services et votre bonne conduite ont presque tous disparu.

— Mon nom doit exister dans les archives du ministère, hasarda Morin.

— Mon intention est bien de consulter votre dossier, mon brave; mais quelque action d'éclat que vous ayez faite, vous aurez toujours un grand tort, c'est de n'avoir pas servi les Bourbons.

L'employé se fit apporter le dossier de Pierre Morin, sergent au 18e grenadiers, le consulta avec un semblant d'intérêt.

— Voici tout ce que je puis vous offrir, mon

pauvre homme, s'écria-t-il aussitôt en ricanant, votre acte de décès.

Après le désastre de Waterloo, Pierre Morin avait été porté comme mort.

— Vous aurez grand'peine à obtenir quelque chose. Adressez-vous à Son Excellence monsieur le ministre. Peut-être exciterez-vous sa pitié, peut-être....

En achevant ces mots, l'employé fit signe à Marie d'emmener son père.

Rien ne saurait exprimer la douleur du vieillard. Ainsi, après trente-cinq ans de service, la patrie le laissait mourir de faim avec son enfant !

Il repassa sur le pont Royal, entendit les sons presque lugubres de l'orgue du pauvre aveugle, tressaillit d'abord, puis se résigna à son malheureux sort.

— Ma fille, ma chère Marie, fit-il, demain nous viendrons aussi implorer la charité des passants....

Bien que toute petite, Marie comprit qu'il y avait honte à tendre la main, et, se prenant à sangloter, elle dit naïvement sa pensée à son père.

— Honte ! pauvre enfant, répondit-il. Oh ! non, puisque je n'ai plus mes yeux, puisque tu n'as pas encore la force de travailler.

Son enfant avait honte, il avait honte aussi, lui, le vieux sergent, et il chercha dans son âme le moyen d'échapper à sa triste destinée.

La nuit porte conseil. Après de longues heures

passées dans l'insomnie, dans la prière et dans les larmes, l'aveugle était décidé à lutter encore contre sa mauvaise fortune. Il s'était souvenu de l'héritage paternel, cet héritage qu'il avait si soigneusement gardé pour ses filles, et, avec ce souvenir était né un remords : peut-être que s'il avait vendu la cabane, il aurait pu donner plus de soulagement à la malheureuse Valentine ! Ferait-il de Marie une seconde victime de sa répugnance à vendre la chaumière où son vieux père était mort, où lui-même était né, où il avait espéré mourir ?

Il n'hésita pas, et sa première action fut de courir chez un écrivain, de faire rédiger une belle lettre par le bon curé du pays natal, afin que l'homme de Dieu eût la charité de veiller à ses intérêts.

Cette affaire terminée, il demanda à son hôtesse un entretien particulier.

— Madame, lui dit-il, j'ai un petit bien dans mon pays. J'ai prié monsieur le curé de vouloir bien le vendre en mon nom. Mais, en attendant, je suis sans argent ; voulez-vous consentir à me faire crédit jusqu'à la vente ?

L'hôtesse, Suzanne Benoît, réfléchit longtemps, examina le vieillard de la tête aux pieds, interrogea chacun de ses traits, questionna tout bas la petite et répondit enfin affirmativement.

— A une condition cependant, ajouta-t-elle, c'est que vous grimperez un étage plus haut, et pour le même prix ; car, enfin, il n'est pas juste, puisque vous ne payez pas comptant....

Il n'y avait rien à dire ; et, d'ailleurs, qu'importait au bon vieillard et à son enfant ?

— Encore une condition, dit impérieusement Suzanne : c'est que la petite descendra tous les matins à la boutique pour faire les commissions.

— Ah ! dame Benoît, s'écria le vieillard, je ne veux pas que ma fille me quitte un seul instant. Elle fera les commissions, si je puis aller avec elle.

— Soit, mais tu reprendras tes jambes de quinze ans, bonhomme.

L'aveugle se sentit rougir à cet affront, mais il l'offrit à Dieu et ne répliqua pas.

Dès le lendemain, Marie-Valentine, accompagnée de son père, commença son office de petite servante. On lui fit faire non-seulement les commissions, mais encore tout ce dont était capable une enfant de six ans. Le père et la fille obéirent, le père en gémissant, la fille en se réjouissant de se rendre utile et de ne pas tout devoir à Suzanne Benoît.

Ainsi se passa une année tout entière, pendant laquelle le vieux soldat adressa plus de cinquante pétitions au ministre de la guerre sans obtenir de réponse, et pendant laquelle aussi le bon curé chercha en vain à vendre le petit bien des Morin.

4.

VI.

L'infâme François Laurent n'avait pas renoncé à l'espoir de retrouver la jolie fille de l'aveugle. Il rôdait sans cesse de garni en garni par la Cité. Un jour, un fatal jour, il aperçut Pierre Morin et son enfant, les suivit jusque chez la Benoît, comme l'on nommait Suzanne dans le quartier, s'assura que le vieillard habitait là avec son orpheline et revint chez lui.

C'était toujours Mariette qu'il chargeait des choses délicates et pénibles, ou plutôt, pour nous exprimer mieux, des choses qui semblaient offrir quelque danger.

Mariette était cent fois plus faible, cent fois plus pâle que lorsque nous l'avons rencontrée dans le petit village d'Alsace, le jour de la mort de Louisa Bertrand. Ce n'était plus qu'un spectre, qu'une ombre, pour ainsi dire, tant elle était

maigre et décharnée. Elle souffrait tant, la pauvre
femme ! Son mari l'accablait de si odieux traitements ! Mais les souffrances morales qu'elle
endurait étaient mille fois plus affreuses encore
que ses maux physiques. N'était-ce pas une
souffrance au-dessus de toutes souffrances que
de porter un nom souillé, un nom qui serait
flétri au premier jour, que de voir grandir dans
le vice deux filles, deux malheureuses filles, dont
elle était mère ? N'était-ce pas horrible que de
prêter ses mains au crime ? Mais si elle s'y
refusait, l'infortunée, c'était la mort ; et si elle
mourait, que deviendraient ses enfants aban-
données à la seule garde d'un si odieux père ?
Elle les retenait encore sur le bord de l'abîme
par ses conseils, par ses exemples. Quand elle
ne serait plus, qu'arriverait-il ? Et cette pensée
affreuse, poignante, cruelle, l'entraînait au mal.

Un seul souvenir donnait quelque consolation
à cette âme désolée, à ce cœur déchiré de
remords, celui de Valentine de Saint-Céran. Au
moins elle avait arraché l'infortunée créature
au vice, à l'infamie, si elle l'avait plongée dans
la misère. Un jour viendrait peut-être où elle
découvrirait la malheureuse comtesse, où elle
retrouverait l'orpheline, où elle rendrait l'enfant
à sa mère. Cette espérance et l'innocence de ses
filles, c'étaient les seuls rêves de sa vie, les seuls
désirs qu'elle formât sur la terre.

Mais, hélas ! en arrivant à Paris, elle avait
couru au ministère de la guerre, et là elle
avait appris l'affreuse nouvelle du trépas du bon

Joseph Bertrand. Comment savoir alors ce qu'était devenu le vieillard à qui elle avait confié Valentine ? Elle avait réfléchi longtemps sur le parti à prendre, et s'était décidée à écrire au curé du village où elle avait laissé l'enfant. Le digne pasteur avait reçu cette lettre bien longtemps avant celle de Pierre Morin ; aussi il avait pu dire seulement que le vieux sergent était à Paris.

— Mais Paris est si grand ! dit Mariette avec effroi. O mon Dieu, ne permettrez-vous pas que j'accomplisse la seule bonne œuvre que j'aie jamais tentée ?

Elle ne perdit pas courage cependant, et elle espéra.

Dans l'intervalle des fêtes champêtres et des foires des environs où François-Laurent ne manquait jamais de donner des représentations avec sa troupe, on revenait à Paris. Les huit garçons achetés ou volés, et qui se faisaient déjà grands, habitaient alors la maison roulante, pour laquelle on avait loué une remise près de la barrière. Mariette et ses filles occupaient la plus chétive mansarde de la maison de garni tenue par dame Catherine, et le bohémien était tantôt avec sa femme, tantôt avec ceux qu'il appelait ses fils.

Quand son mari restait à la barrière, Mariette continuait ses recherches, ses démarches, pour découvrir Pierre Morin. Mais, hélas ! ces recherches et ces démarches restaient infructueuses.

Assise entre ses deux filles, avec qui elle s'occupait à raccommoder le linge de la troupe,

Mariette pensait encore à l'infortunée Valentine, quand François Laurent entra.

— Est-ce aujourd'hui qu'on part pour Saint-Cloud? demanda la plus petite des enfants en bondissant; car la malheureuse préférait étaler ses grâces sur le plancher plutôt que de tirer l'aiguille.

Mariette soupira et regarda sa fille avec douleur,

— Demain, dit durement le bohémien.

Il s'assit sur une escabelle de bois et resta un instant en silence.

— Il faut que je te parle, Mariette, dit-il ensuite.

— Parle, murmura la pauvre femme.

Et son cœur battit avec force; car elle avait lu dans les yeux de son mari quelque chose d'effrayant, de sinistre.

— Sans témoins....

— Descendez, dit Mariette à ses filles, et surtout n'allez pas avec la Catherine; restez bien dans l'arrière-boutique,

— Au contraire, reprit Laurent, car vous trouverez en bas joyeuse compagnie. On y trinque fort, et du bon bourgogne. Pourquoi n'en prendriez-vous point votre part, si l'on vous en offre, s'entend; car je te casse les membres, continua-t-il en s'adressant à Victoire, sa fille aînée, je te casse les membres, si tu oses faire un sou de dette. C'est bien assez des 87 fr. que nous devons à la Catherine, et qu'elle n'aura jamais, elle y peut compter.

— Restez dans l'arrière-boutique, répéta Mariette, effrayée à l'idée d'abandonner ses filles à la merci des infâmes ivrognes qui remplissaient la taverne.

— Je te dis, moi, qu'elles iront dans le comptoir avec la Catherine ! vociféra le bohémien, en appliquant deux vigoureux soufflets sur les joues pâles de sa douce compagne.

Les enfants descendirent en riant et en se réjouissant d'avoir vu corriger leur mère, comme elles disaient.

Les malheureuses !... Quels qu'eussent été les services de Mariette, elles n'avaient aucun sentiment de piété filiale et elles haïssaient celle qui les entourait de soins et d'affection, celle qui leur sacrifiait, pour ainsi dire, le repos de sa vie et ses espérances de l'autre monde ; car si elle n'eût été mère, eût-elle consenti à tant d'actes infâmes, dont le souvenir déchirait son cœur ? Si elle n'eût été mère, fût-elle restée dans la compagnie d'un homme qu'elle abhorrait et qu'elle méprisait ?

— Tu auras ma mort à te reprocher, barbare ! dit l'infortunée en essuyant les grosses larmes qui coulaient sur ses joues et que lui arrachait la douleur.

François Laurent fit entendre un farouche ricanement.

— Je suis le maître ici, vociféra-t-il après quelques minutes, et j'entends qu'on m'obéisse en tout et pour tout ; car sans cela....

Il montra de nouveau ses poings.

Mariette ne répondit pas.

— Je viens te donner des ordres, reprit le bohémien. Retiens bien mes paroles, et que, dès ce soir, tu aies accompli l'œuvre que j'attends de toi.

La malheureuse regarda le ciel et soupira. Elle était résignée à tout, à la mort, plutôt que de commettre un nouveau crime. Le rire de ses filles, qu'elle avait entendu, avait fait à son cœur une telle blessure, qu'il avait presque anéanti dans ce cœur ulcéré l'amour maternel.

François ne parut pas s'apercevoir de la douleur de la jeune femme, il continua :

— Habitent chez la Suzanne Benoît, tu sais, à l'enseigne des Trois-Couronnes, un vieillard aveugle et son enfant...

— Un vieillard aveugle!... répéta Mariette.

Et un éclair de joie brilla dans ses yeux languissants et à demi éteints, et son blême visage se couvrit d'une rougeur inaccoutumée.

Le bateleur fronça le sourcil. Cette émotion cachait certainement un mystère. Or, ce mystère, il le saurait bien pénétrer. Il garda le silence.

— Après? fit Mariette, tremblant encore de joie, de bonheur, à la pensée que le vieillard aveugle pourrait bien être Pierre Morin, puisque Pierre Morin habitait Paris.

— Allons, Mariette, reprit le comédien, voilà la première fois que tu entres dans mes idées, dans mes projets. Si tu veux continuer ainsi, si tu veux toujours m'obéir, eh bien ! nous ferons bon ménage, et je n'exigerai plus que tes filles tiennent le comptoir avec la Catherine.

Ce disant, François ne quittait point des yeux les yeux de sa femme; il cherchait à lire sa pensée dans son regard. Une pâleur mortelle s'étendit sur les traits de l'infortunée, et elle ne répondit pas.

— Or, il s'agit aujourd'hui de la fille de ce vieillard. C'est une belle enfant de six ans environ, aux yeux bleus et limpides, aux blonds cheveux, aux dents d'ivoire. De ma vie, je n'ai vu plus gracieuse, plus charmante créature.

Mariette avait tout compris, et un long gémissement s'échappa de sa poitrine oppressée.

Un sourire sardonique erra sur les lèvres pincées du bohémien.

— Il me faut l'enfant, ajouta-t-il. Mariette, souviens-toi de mes paroles. Va trouver Suzanne Benoît, prends des arrangements avec elle; j'irai bien jusqu'à 20 fr. Mais il me faut l'enfant, entends-tu bien? il me faut l'enfant.

— Ne compte pas sur moi, François Laurent.

— Comment, ne pas compter sur toi? s'écria le barbare en saisissant l'infortunée par le milieu du corps et en l'étendant à ses pieds.

Mariette laissa échapper des cris déchirants.

— Iras-tu chez la Suzanne? demanda Laurent d'un ton furieux.

— Oh! non, non, jamais...

— Meurs donc, meurs sous mes coups!

Et le cruel épuisait toute sa force sur la malheureuse créature.

La douleur arrachait à la jeune femme d'affreux gémissements. Tout à coup la porte de la mansarde s'entr'ouvrit, et une tête de femme apparut un instant. C'était Victoire, qui, à douze ans, avait déjà les vices et le mauvais cœur de son père. Un sourire presque imperceptible effleura les lèvres de la jeune fille. Il n'échappa pas à Mariette.

— O ma fille, s'écria-t-elle, tu me fais plus de mal que ton malheureux père ! Sois maudite, sois maudite pour l'affliction dont tu abreuves celle qui t'a donné la vie !

Alors, la Catherine entra.

— M'est avis que nous n'avons pas été obéissante, dame Mariette, dit l'horrible femme avec un rire insultant. Mais m'est avis aussi que la correction est assez forte.

— Oh ! non, oh ! non, vociféra le tyran, elle ne mourra que de mes mains.

— Allons ! chut ! fit l'hôtesse. Oubliez-vous le sort qui attend le meurtrier ?

Ce mot rappela le bohémien à la raison.

— Obéiras-tu ? dit-il pourtant encore.

— Oui, répondit résolûment la pauvre femme ; car une pensée subite, une pensée d'espoir et de bonheur avait traversé son âme.

— Tu iras chez Suzanne Benoît ?

— Oui..., j'irai.... J'irai aujourd'hui même, répliqua encore Mariette d'une voix sourde.

L'infâme aida sa victime à se relever.

— Tu me laisseras prendre tous les moyens que je voudrai, pourvu que j'aie l'enfant ? dit Mariette après un long silence.

François fit un signe affirmatif.

La journée se passa dans l'impatience. On attendait le soir, comme si les ténèbres eussent dû ensevelir le crime de l'enlèvement de Marie dans des ombres éternelles.

À la brune, François Laurent quitta la mansarde pour se rendre à la barrière. Mariette se prépara aussitôt à sortir et ordonna à ses filles de se tenir prêtes ; puis elle fit monter la Catherine.

— Madame, lui dit-elle, mon mari m'a chargée d'une mission assez difficile et m'a permis, pour arriver au but, d'employer tel moyen qu'il me plairait. Or, l'intervention de mes filles me sera, sans doute, nécessaire. Je les enverrai chercher par une femme qui vous sera inconnue et qui vous remettra cet anneau.

Et Mariette montrait avec un tremblement convulsif l'alliance d'argent qu'elle avait reçue de son époux en un jour qui promettait de si beaux jours, et qui n'avait été que le commencement de ses souffrances.

La jeune femme sortit épuisée, haletante, se soutenant à peine et chancelant à chaque pas. On eût dit que son dernier souffle allait à tout instant s'échapper avec effort de sa poitrine oppressée. Elle gagna la rue des Noyers, où était le garni de Suzanne Benoît, s'avança sur le seuil en joignant les mains, en murmurant une prière. Cette prière disait : « Mon Dieu ! que la dernière action de ma vie m'attire un regard de miséricorde !... Faites que le vieillard aveugle soit Pierre Morin !... »

Le vieillard aveugle était Pierre Morin.

Assis près d'une table où la gentille Marie dressait un couvert, il essuyait de sa main tremblante les larmes qui sillonnaient ses joues pâles...

— T'en souviens-tu, Marie-Valentine? disait-il. Il y a un an à pareil jour, nous pleurions dans la pauvre grange, nous recevions les derniers soupirs de ta sœur....

L'enfant répondit par un sanglot et courut embrasser son père.

Ces paroles avaient frappé les oreilles de Mariette : Nous recevions les derniers soupirs de ta sœur... Elle trembla.... Ah ! si la fille de Mme de Saint-Géran n'était plus, mourrait-elle sans avoir fait, au moins, une bonne œuvre ? Mais elle avait entendu aussi que le vieillard avait donné à l'enfant qu'il pressait maintenant dans ses bras le nom de Valentine, et elle espéra. Elle entra précipitamment dans la boutique, s'approcha du vieux sergent.

— Pierre Morin, fit-elle à voix basse, ce soir, quand dix heures auront sonné, trouve-toi sur le pont des Invalides avec Valentine. Silence, surtout, silence !... Il y va de ta vie et du salut de ton enfant !... Ne crains pas, je suis Mariette !

Et Mariette pressa la main du vieillard et s'éloigna rapidement.

La jeune femme continua sa route, marchant à grands pas. Il semblait que l'œuvre qu'elle accomplissait doublât ses forces et lui fît oublier ses souffrances. Parfois elle joignait les mains et répétait à demi-voix :

— C'est vous, bonne Vierge, c'est vous qui m'avez donné ces saintes pensées.... Ah ! pourquoi ne vous ai-je point invoquée plus tôt ? Mère affligée, n'aurais-je pas dû me souvenir que vous aviez été mère aussi, et plus affligée que moi encore ! Mais je n'osais élever jusqu'à vous ma prière. Je ne savais pas, d'ailleurs, que la prière fût si facile et apportât à l'âme de si ineffables consolations.... Pourquoi n'ai-je pas toujours prié !...

Elle arriva enfin presqu'en haut de la rue Saint-Jacques, non loin du Val-de-Grâce, ce monument de la reconnaissance d'Anne d'Autriche devenue mère, et elle s'arrêta devant une maison à l'aspect sévère et triste. La porte s'ouvrit devant elle, et elle se trouva dans une vaste cour où vint la recevoir une femme vêtue de noir, une religieuse. Après quelques mots échangés à voix basse, Mariette, introduite dans une petite pièce sombre et humide, éclairée faiblement par la lueur vacillante d'une lampe, se laissa tomber sur une chaise de paille devant une double grille pareille à la grille d'une prison, et attendit en silence.

Au bout de quelques minutes, une femme aux longs vêtements blancs, au maintien noble et sévère, mais au visage empreint d'une douce charité, parut de l'autre côté de la grille et engagea la jeune femme, d'une voix compatissante et bonne, à lui dire le sujet de sa visite. Cette

femme, qui mêla ses larmes à toutes les larmes
que répandit Mariette pendant son long récit,
pendant la triste peinture qu'elle fit de la honte
et des malheurs qui attendaient ses filles, c'était
la supérieure du couvent de Notre-Dame de Charité, dit aussi Saint-Michel. La femme du bohémien venait solliciter un refuge pour ses enfants,
un asile sûr où on leur apprendrait à aimer Dieu
et la vertu, à prier....

— Car elles ne savent pas prier, ma mère,
ajouta Mariette avec des pleurs.... Moi, je ne
savais pas prier non plus. C'est aujourd'hui seulement que j'ai eu recours à la bonne Vierge, et
c'est la bonne Vierge qui m'a inspiré de vous ve-
nir-trouver.

La digne religieuse accueillit avec bonheur la
demande de Mariette, reçut l'alliance de mariage, signe de reconnaissance convenu avec la
Catherine, et donna immédiatement des ordres
pour que deux bonnes sœurs et une personne
séculière allassent chercher Victoire et Georgina.

Les deux religieuses devaient attendre dans
une voiture, sur la place Notre-Dame, que l'autre
personne obtînt de l'hôtesse la permission d'emmener les enfants.

— Et vous serez leur mère, n'est-ce pas, Madame ? fit encore Mariette, car elle avait oublié
les affronts dont l'avaient abreuvée ses filles, ce
jour même, pour ne se souvenir que de son
amour. Et vous leur direz que je penserai à elles,
que je les aimerai, que je les bénirai jusqu'à mon

dernier soupir. Ah ! que je me reproche ces paroles de malédiction qui m'ont échappé dans la
douleur, que m'a arrachées la souffrance ! Mais
le bon Dieu sait bien que j'aime mes enfants plus
que ma vie, et que leur bonheur c'est mon bonheur !

Mariette, au comble de la joie d'avoir assuré
l'avenir de ses filles chéries, allait se rendre di-
rectement au pont des Invalides; mais, dans sa
sollicitude maternelle, elle ne put résister au désir de passer chez Catherine pour s'informer s'il
n'y avait eu nul obstacle au départ de ses enfants. Vingt fois, dans le chemin, elle s'arrêta
tout à coup, effrayée par de sombres pressentiments, mais vingt fois aussi elle reprit sa marche
avec plus de courage, en murmurant :

— Qu'ai-je à craindre ? qui m'est plus cher que
mes enfants ?

Elle entra chez la Catherine.

— Victoire et Georgina sont parties, fit celle-ci.
La dame qui est venue les chercher n'a pas voulu
dire où elle les conduisait. Comme elle m'a
remis votre anneau, je n'avais rien à objec-
ter.

Mariette remercia affectueusement l'hôtesse, et
demanda la bague, qu'elle remit à son doigt en
soupirant.

— Mais Laurent est rentré, ajouta Catherine.
Il a été furieux de ne pas trouver ici ses filles. Je
lui ai dit la chose.

— Eh bien ? balbutia la jeune femme avec inquiétude.

— Eh bien ! il vous attend là-haut avec impatience.

— Oh ! je n'ai pas fini, murmura Mariette. Il sait bien la commission qu'il m'a donnée. Adieu... Peut-être même ne rentrerai-je point ce soir, car il me faut encore aller bien loin.

— Mais vous êtes si faible, vous êtes si pâle....

Un demi-sourire erra sur les lèvres décolorées de la malheureuse.

— Je vais bien mieux pourtant, dame Catherine, fit-elle, et demain je serai tout à fait guérie.

Sur ce mot, elle sortit et reprit sa marche rapide. A dix heures, elle arrivait, épuisée, haletante, au bas du pont des Invalides. Pierre Morin l'y attendait avec son enfant : Pierre Morin, triste, sombre, répétant en son âme les paroles que Mariette avait dites à la hâte à son oreille : Il y va de ta vie et du salut de ton enfant ; Marie-Valentine gaie et vive comme de coutume, fredonnant un air de cantique que lui avait appris son père, se balançant sur les genoux de l'aveugle et jouant naïvement avec ses cheveux blancs.

— Bon vieillard, je te retrouve donc avec une seule fille ? dit Mariette en prenant les mains décharnées du sergent et en les pressant dans ses mains brûlantes de fièvre.

— Oui, balbutia l'aveugle, Valentine n'est plus...

— Valentine ! répéta la jeune femme avec un cri déchirant. O mon Dieu ! vous n'avez pas voulu.... Ah! c'en est trop!... Marie, vous qui êtes si bonne....

— Valentine n'est plus, répéta le vieillard en frémissant.

Et il étreignait son enfant dans ses bras paternels, de crainte qu'on ne lui ravît le seul bien qui lui restât au monde, et il murmurait en son âme : — Ils diront que ma fille est à eux, et je resterai père sans enfant....

— Pierre Morin, reprit Mariette à voix basse, il est de toute justice que je voie la preuve de la vérité de tes paroles.... Tu te rappelles ce nom imprimé par mes mains sur....

L'aveugle interrompit Mariette.

— De grâce, n'achève pas, murmura-t-il. Laisse-moi ma vie, mon bonheur, mon enfant.... Laisse-moi mon incertitude.

— Tu ne sais donc pas?...

— Non...., j'ignore.... J'ai oublié sur laquelle de mes deux filles ce nom.... Mariette, éloigne-toi, je ne veux pas savoir....

— Écoute, Pierre Morin, fit la jeune femme plus bas encore, écoute, je vais mourir....

— Mourir! dit le vieux soldat en pressant les mains brûlantes de la malheureuse.

— Tu sais dans quel lieu nous sommes.... sur les bords de la Seine.... Eh bien! je te fais mes adieux....; je te lègue l'accomplissement de la bonne œuvre que j'avais tentée.... Pierre Morin, mon cœur est souillé de crimes, mais il est déchiré de remords, plein de repentir.... Ah! puisse la mort, la mort volontaire que je vais chercher dans les flots, m'obtenir miséricorde!

Le vieillard était atterré. Il n'osait quitter la main de Mariette qu'il pressait dans l'une de ses mains, tandis que de l'autre il tenait enlacée sur sa poitrine l'enfant de son amour, comme s'il eût craint que l'enfant ne lui échappât.

Cependant Mariette parlait, parlait toujours avec une agitation fébrile.... Après avoir dit toutes ses souffrances, toutes ses angoisses, elle garda longtemps un morne silence et reprit à demi-voix:

— Tu vois bien, Pierre Morin, qu'il faut que je meure. Mais puisque tu ignores sur laquelle de tes filles j'avais gravé le nom béni, il faut bien aussi que je te révèle....

Et la jeune femme tentait d'arracher l'enfant au vieillard; mais le vieillard étreignait l'enfant avec force, et l'enfant, sans comprendre ce qui se passait, éclatait en sanglots et se pressait avec amour et désespoir dans les bras de son père.

— C'est un crime, Mariette, répétait-il en cherchant à calmer les transports de l'infortunée, c'est un crime que d'attenter à ses jours. Loin de les expier, tu ajouterais à tes crimes un crime plus affreux; loin de trouver dans la mort le repos que tu cherches, la fin de tes maux, tu trouverais des tourments horribles et des souffrances plus grandes encore que celles qui te déchirent.

5

— Oh! non, fit la malheureuse, non; car Dieu est juste et bon.

— C'est parce que Dieu est juste et bon qu'il t'envoie des peines et des souffrances, afin que tu répares par la résignation le mal que tu as fait.

— Pierre Morin, il faut que je meure! répéta la pauvre femme d'une voix qui fit trembler et le père et l'enfant.

— Oh! vous ne mourrez pas, dame Mariette, vous ne mourrez pas, dit la petite fille en enlaçant la bohémienne dans ses bras; vous ne mourrez pas; car, papa me l'a raconté bien des fois quand je lui proposais d'aller avec Valentine, il y a un enfer pour ceux qui ne veulent plus vivre.

— Les moments sont comptés, murmurait Mariette avec égarement et sans rien entendre, il faut que je sache si l'enfant.... Car, Pierre Morin, je te lègue le soin de chercher la mère, de lui rendre.... Pierre Morin, laisse-moi voir si ta fille porte le nom béni.

— Au nom de Dieu, ne touche pas mon enfant! s'écria le vieillard en serrant la petite avec plus de force. Parle, parle, dis-moi sur laquelle des deux orphelines tu as gravé le doux nom de Marie.... Dis-moi, dis vite; mais ne touche pas mon enfant!

Mariette se pencha sur le vieux soldat, lui nomma celle qui avait été consacrée à la reine des anges.

Pierre Morin pensa mourir de douleur: la fille

de Louisa avait cessé de vivre…,. Il était père
sans enfant! Mais il retint le cri qui allait s'é-
chapper de sa poitrine oppressée; mais il cacha
les larmes qui jaillissaient déjà de ses yeux
éteints; mais il affecta le calme, la gaîté, le
bonheur….,

— Je l'avais bien dit, fit-il.

Puis, à voix basse, bien basse, afin que l'enfant n'entendît rien, il murmura à l'oreille de
Mariette :

— Marie-Valentine est la fille du vieux soldat,
et l'enfant que tu m'avais confiée repose doucement dans le sein du bon Dieu.

— Tu mens…, tu mens, Pierre Morin, s'écria
la jeune femme, qui avait vu la sombre pâleur du
vieillard, qui avait compris son sourire amer. Tu
mens; mais j'emporte dans la tombe la plus
douce, la plus ineffable consolation; car Valentine est vivante, et, vieux soldat, ton premier
devoir est l'honneur.

Mariette fit un dernier effort pour s'emparer
de l'enfant. Trop faible encore, elle laissa tomber ses bras avec désespoir et se dressa pâle et
résolue devant le vieillard.

— C'est à toi maintenant que Dieu demandera
compte de l'orpheline, fit-elle d'une voix sourde
et déchirante. Fais ce que je n'ai pas eu le temps
de faire moi-même. Adieu, Pierre Morin, souviens-toi….,

La jeune femme allait s'élancer dans les flots,
quand des pas d'homme se firent entendre dans
les ténèbres, quand une voix formidable troubla

le silence de la nuit. Cette voix répétait avec colère, avec fureur, le nom de Mariette....

Mariette jeta un regard en arrière, étendit les bras en avant.... Mais elle n'eut pas la force de franchir la faible barrière qui la séparait de l'abîme, et elle tomba lourdement sur le sol.

François Laurent — car c'était lui, qui, averti par la Catherine, avait suivi sa femme — donna un demi-regard à son infortunée compagne et se jeta sur Pierre Morin.

— Donne-moi cette enfant, dit-il d'une voix sombre et farouche.

En vain le vieillard voulut résister, les mains de fer du bohémien triomphèrent de tout obstacle ; et Pierre Morin, frappé de stupeur et de désespoir, tomba sans vie auprès de Mariette. Il ne fut rappelé à la vie que par les cris déchirants que jetait l'orpheline et par le bruit des pas du ravisseur qui s'éloignait en courant.

VII.

Deux jours après la scène nocturne que nous venons de rapporter, se trouvaient dans le coupé d'une diligence emportée rapidement par quatre chevaux de poste sur la route de Paris à Strasbourg, le comte de Belfort et sa fille.

L'enfant était bien la plus jolie créature qu'on puisse imaginer; malgré les larmes qui rongeaient ses grands yeux bleus et la pâleur mortelle qui couvrait son visage. Sa mise coquette et recherchée rehaussait encore cette beauté vraiment extraordinaire.

Quant au comte, c'était un petit homme maigre et chétif, aux yeux ronds et gris, à la barbe sale et épaisse, aux joues amaigries et blêmes. Il y avait quelque chose de vil et de farouche dans son regard, de bas et d'ignoble dans son main-

tien. On eût dit plutôt un homme du peuple en-
dimanché qu'un noble personnage; et pourtant
sa chemise de batiste d'une finesse et d'une blan-
cheur irréprochables, son pantalon collant gris
perle, son habit noir du plus beau sedan, son
gilet de velours et sa cravate blanche annonçaient
bien un homme de qualité ou tout au moins un
homme de fortune.

Le comte avait positivement tenu à avoir le
coupé à lui tout seul et avait payé en consé-
quence. Du reste, l'argent ne semblait pas lui
coûter. Il dépensa 200 fr. la première journée du
voyage. Les postillons et les garçons d'hôtel res-
tèrent ébahis de sa générosité.

Le lendemain, le comte aborda en riant le
maître de poste du premier relais.

— Mon cher monsieur Brémont, lui dit-il, je
me suis mis en route sans argent; donnez-moi
un mot de votre main, qui me vaudra crédit pendant le reste du voyage; ou bien prêtez-moi un
millier de francs que je vous ferai passer par le
postillon à son retour à Paris; car je me rends à
ma terre de Belfort, à trois lieues de Strasbourg,
et.....

Il n'avait été bruit en arrivant au relais que de
la grande fortune et de la générosité du noble
personnage. M. Brémont l'avait reçu en véritable prince; heureux de trouver l'occasion de
rendre service à un si grand seigneur, il s'em-
pressa de lui ouvrir son coffre-fort, en lui
disant:

— Prenez vous-même, monsieur le comte,

prenez ce que bon vous semblera, et surtout ne chargez pas le postillon de cette petite somme, si elle peut me valoir l'honneur d'une visite à votre retour à Paris.

Le comte serra affectueusement la main de M. Brémont et prit 2,000 fr., comptant, disait-il, s'arrêter quelques jours à Strasbourg ; puis il monta lestement dans son coupé.

Là, quand la diligence roula, loin du relais, sur la grande route qui traverse la Champagne et la Lorraine pour conduire à la capitale de la vieille Alsace, il se mit à rire d'un rire fou.

— Ah ! ah ! murmura-t-il, que c'est bien là le monde ! Que de saluts, que d'honneurs, que de protestations d'amitié, vraies ou fausses, mais toujours gracieuses, que de courbettes m'a valus mon bel habit ! Que de confiance m'ont attirée ces 200 fr. que j'ai répandus autour de moi avec tant de profusion ! C'est bien vrai qu'il ne suffit que de jeter un peu de poudre aux yeux pour faire des dupes.... Elle dort enfin, la petite, ajouta-t-il en se penchant sur l'enfant qui dormait d'un sommeil inquiet et agité dans un coin du coupé.

Des sanglots et de gros soupirs oppressaient encore la poitrine de la malheureuse créature ; des larmes sillonnaient ses joues, si roses de coutume et devenues si pâles à force de pleurs ; des crispations nerveuses raidissaient ses membres délicats, des mots entrecoupés et presque toujours inintelligibles expiraient sur ses lèvres décolorées. L'assoupissement dans lequel elle était tombée ne dura pas longtemps. Elle ouvrit tout à coup

ses beaux grands yeux bleus, les promena autour
d'elle avec égarement, passa sa petite main sur
son front, comme pour en écarter un voile qui
l'aurait couvert, prononça le doux nom de père
avec amour, celui de Pierre Morin avec prière, et
recommença ses pleurs et ses sanglots.

— Ecoute, Marie-Valentine, fit le bohémien;
car le soi-disant comte de Belfort n'était autre
que l'époux de Mariette, qui s'était fait chevalier
d'industrie pour échapper aux recherches du
vieillard à qui il avait ravi son enfant; écoute,
Marie-Valentine, nous touchons au terme de notre
voyage; encore deux jours, et tu reverras ton
père.

— Est-ce bien vrai? demanda l'enfant en réprimant ses sanglots.

— Oui, si tu veux; mais tu ne voudras pas,
Marie-Valentine, tu ne voudras pas.... Souviens-
toi donc qu'avec le vieillard tu n'as jamais eu que
de mauvais jours, et je t'en promets de si beaux!
Oublies-tu les injures dont l'accablait sans cesse
la Suzanne Benoît, les coups dont elle te menaçait à tout instant, et qu'elle te donnait quelquefois en secret? Avec moi, tu seras si heureuse; car je n'ai pour toi que des caresses.

— Oh! dit l'enfant, j'aime mieux souffrir près
de mon père, avec mon père, que d'être heureuse
loin de lui.

— Et tu habitais un si sale, un si horrible
galetas! Moi, je te donnerai une chambre somp-
tueuse, une chambre pour toi seule, toute tapissée de rose et de blanc, tout ornée de marbre et
d'or.

— Je n'y dormirais pas, dit l'enfant avec un soupir, comme je dors sur mon grabat en pressant sur mes lèvres la main de mon père.

— Et ces haillons qui le couvraient, Marie-Valentine.... Vois à présent comme tu es jolie.

— Je regrette mes haillons, puisqu'il faut, pour être jolie, sacrifier mon père! Je n'aime qu'une personne au monde, mon père; et, pour posséder mon père, je préfère le travail, la pauvreté, la misère, à toutes les belles choses dont vous me parlez.

— Marie-Valentine, tu penseras tout autrement quand tu auras quelques années de plus, quand tu seras jeune fille. Alors, tu envieras les bijoux et les riches ajustements; alors, tu aimeras le repos, les plaisirs. Mais il ne sera plus temps, et tu maudiras ton vieux père....

L'enfant tressaillit et fit pieusement le signe de la croix, comme pour éloigner d'elle un pareil malheur. Mais son cœur, son bon cœur, si rempli de respect et d'amour filial, lui disait bien qu'une telle action n'était pas possible et qu'elle chérirait à jamais l'auteur de ses jours.

Que devenait l'aveugle sans son enfant?... Cette pensée était affreuse pour la gentille Marie. Elle n'avait encore que huit ans; mais nous l'avons dit, chez elle, comme chez la plupart des enfants, du reste, instruits à l'école du malheur, la raison avait dépassé le nombre des années, et elle était capable déjà des réflexions les plus solides. Elle voyait l'aveugle abîmé dans sa douleur, se tordant avec désespoir sur son grabat, invoquant

Dieu, invoquant Marie, cette bonne mère, cette
consolatrice des affligés; elle voyait l'aveugle
maltraité par Suzanne Benoît, chassé du galetas,
sans pain, sans gîte, sans appui; elle le voyait
couché sur de pauvres seuils, demandant en vain,
pour l'amour de Dieu, un peu de paille pour reposer ses membres fatigués, un peu de pain pour
calmer sa faim horrible, un verre d'eau pour
étancher sa soif dévorante. Elle le voyait mourant,
appelant encore à son heure dernière son enfant
si chérie et bénissant dans l'angoisse et la douleur la fille de Louisa Bertrand. Et alors, éperdue,
éclatant en sanglots, elle se jetait aux genoux du
barbare qui l'avait si cruellement arrachée des
bras du vieux sergent, et elle déchirait les rubans
de gaze dont on avait orné sa coiffure et son cor-
sage, et elle foulait aux pieds ses plus riches
ajustements.

— Oh! rendez-moi mon père, criait-elle, mon
père, mon amour, mon bonheur et ma vie!... Je
veux souffrir avec lui, mourir avec lui... Mais,
non, on ne souffre pas, on ne meurt pas quand
on est pressé sur le cœur de son père!... Alors,
la misère n'a plus ni inquiétudes ni angoisses; la
faim, la soif, plus de tourments; la douleur, plus
d'aiguillons.... Ah! je me plaignais des mauvais
traitements de Suzanne, et j'avais mon père,
j'avais le vrai bonheur!... Oh! qui me rendra ma
misère, mes souffrances, mais avec elles, les
caresses de mon père?...

C'était en vain que François Laurent cherchait
à calmer les transports de douleur de la petite

fille. Il avait tant espéré gagner son affection en
la parant richement, en l'entourant de toutes ces
délicatesses, de tout ce confortable que permet
la fortune, et qu'il devait, lui, aux vols les plus
audacieux. Et pour avoir Marie-Valentine, trésor,
il est vrai, pour son théâtre ambulant, il avait
risqué tout son avoir, il avait sacrifié Mariette et
ses filles peut-être, puisqu'il ignorait ce que Victoire et Georgina étaient devenues; il s'était
exposé à toute la rigueur des lois.

Après les adulations, après les prières, après
les promesses, le misérable essaya des menaces
et des coups.

Marie-Valentine fut aussi insensible aux mauvais traitements qu'aux caresses, et elle criait
encore plus fort :

— Oh! non, oh! non, le comte n'est pas mon
père! Mon père, c'est le pauvre vieillard aveugle
qui a nom Pierre Morin, qui habite le plus sale
galetas du garni de Suzanne Benoît, rue des
Noyers; mon père, c'est le vieux sergent de l'Empire.... Oh! rendez-moi, rendez-moi mon père...
C'était un soir, Mariette allait s'élancer dans les
flots de la Seine, et moi, muette d'horreur et
d'effroi, je me cachais dans les bras de mon père,
et cet homme m'en est venu cruellement arracher.
Oh! rendez-moi mon père, mon père qui meurt
peut-être loin de son enfant....

—Ecoute, Marie-Valentine, fit le soi-disant
comte, craignant enfin d'être compromis par tant
de cris et de gémissements, sois raisonnable : en

arrivant à Strasbourg, nous allons écrire à ton père de le venir rejoindre.

Cette promesse, que l'enfant se faisait répéter à tout instant, donna quelque relâche au bohémien.

En arrivant à Strasbourg, il loua une élégante voiture pour le conduire, disait-il, à sa terre de Belfort; mais il passa immédiatement en Allemagne, cette Allemagne hospitalière où il s'était déjà caché plusieurs années et où il espérait, une fois encore, rétablir ses affaires. Il est vrai que les 2,000 fr. volés à M. Brémont l'indemnisaient grandement des folles dépenses qu'il avait faites pour enlever Marie-Valentine.

— Oh! se disait le misérable, si je puis parvenir à garder l'enfant, je ferai fortune. Victoire et Georgina attiraient bien des spectateurs à mes représentations, mais la fille de l'aveugle est cent fois plus gracieuse, cent fois plus belle!

Il s'arrêta dans un petit village à douze ou seize kilomètres du pont de Kehl. C'était là qu'il attendait son fils aîné, à qui il avait fait une vente simulée de la maison roulante et de l'attirail théâtral, afin que tout cela ne fût pas confisqué en attendant l'arrestation du propriétaire, si Pierre Morin s'adressait à la police pour retrouver son enfant.

Deux semaines se passèrent, et les fils du bohémien n'arrivèrent pas. Celui-ci était dans une inquiétude impossible à décrire : ou ses fils avaient été arrêtés, ou ils avaient trahi celui qui se nommait leur père.

D'un autre côté, Marie ne lui laissait plus de repos : jour et nuit, elle demandait, elle appelait son père, réclamait l'accomplissement de la promesse tant de fois jurée.

— Quand mes fils arriveront, Marie-Valentine, répondait le bateleur, je te promets d'envoyer une bonne lettre à l'aveugle et 60 fr. pour faire le voyage.

Chaque matin, François Laurent allait avec l'enfant sur le sommet d'une petite colline qui dominait le pont de Kehl, et, à l'aide d'une lunette d'approche, il guettait avec anxiété l'arrivée de ses fils. Mais chaque soir, il s'en revenait tristement, sans avoir rien vu qui ressemblât à la maison roulante. Bientôt, ne pouvant plus tenir aux transports de désespoir et de rage qui torturaient son âme, il ne rentra que pour faire mettre Marie-Valentine au lit et retourna sur la route, où il passa une partie de ses nuits.

L'enfant s'aperçut de ce manége et résolut d'en profiter. Elle était à plus de quatre cents kilomètres de Paris, dans un pays étranger.... Oh ! n'importe ! elle saurait bien retrouver son père... Comme son cœur battit à cette délicieuse pensée d'échapper au bohémien, de revoir l'auteur de ses jours, de presser le bon vieillard dans ses bras d'enfant.

C'était un matin, un matin qu'elle s'éveillait seule dans la chétive habitation où s'était établi le bateleur, que Marie-Valentine avait conçu cette pensée, pensée dont elle remerciait Dieu et la bonne Vierge comme d'une inspiration divine, et à laquelle elle souriait avec bonheur. Ce jour-là, que les heures lui parurent longues ! qu'elle les compta avec anxiété ! Enfin les ténèbres couvrirent la terre, enfin le bohémien reprit tristement la petite fille par la main pour la conduire à la cabane.

— Que tu es joyeuse aujourd'hui, Marie-Valentine ! observa-t-il. Tu deviens plus raisonnable. C'est bien, ma fille, c'est bien. Va, tu seras heureuse avec moi, je te l'assure, et tu t'applaudiras un jour d'être mon enfant. Veux-tu me donner le doux nom de père ?... Si tu m'aimes, Marie-Valentine, ce nom prononcé par ta voix suave fera mon bonheur.

Un tremblement convulsif agita les lèvres de l'enfant. Oh ! non, jamais, non, jamais sa bouche n'eût pu balbutier ce nom béni, ce nom sacré.

— Tu n'oses pas ? continua le comédien. Dans quelque temps, ma fille, cela te sera plus facile.

Ce soir-là, François Laurent embrassa tendrement la petite, la combla de caresses.

Comme ces baisers répugnaient à l'enfant ! comme ces caresses lui pesaient et torturaient son âme ! Qu'il lui tardait que le bateleur quittât la cabane ! Un cri de douleur lui échappa presque lorsqu'elle vit cet homme infâme s'étendre sur le mauvais grabat qui lui servait de couche. Elle voulut hasarder quelques questions, mais la crainte la retint, et elle crut plus prudent de faire semblant de dormir.

Trois longues heures se passèrent, trois heures qui parurent des siècles à l'enfant. Enfin, le bohémien se leva lentement de sa couche de paille, exprima à haute voix ses inquiétudes et ses angoisses, et sortit de la chaumière.

Marie-Valentine, heureuse au delà de toute expression, se leva à la hâte. Sa première action fut de tomber à genoux, d'élever ses petites mains vers le ciel, de remercier encore le bon Dieu et la bonne Vierge, de leur demander leur protection pour le long voyage qu'elle allait entreprendre. Minuit sonnait à la grosse horloge de bois du village voisin quand elle souleva le loquet de la porte. Mais, ô surprise ! ô douleur ! cette porte ne céda pas aux efforts de l'infortunée, et elle reconnut avec effroi, avec désespoir, que le bohémien l'avait soigneusement fermée à clef. La pauvre petite se laissa tomber sur la dalle humide qui pavait la chaumière, éclata en sanglots, en gémissements.... C'en était donc fait : elle ne verrait plus son père !...

— Et moi, je croyais que c'était le bon Dieu, que c'était la bonne Vierge qui m'avaient inspirée ! murmurait-elle au milieu de ses larmes.

Elle resta longtemps agenouillée, pleurant, pleurant toujours.

— Mais, fit-elle tout à coup, la bonne Vierge ne nous a jamais abandonnés.... Souvent, quand nous venions à Paris et que nous manquions de gîte, nous l'invoquions, et elle inspirait à quelque bonne âme de nous ouvrir la porte de sa chaumière, ou bien elle rendait épais et moelleux le gazon sur lequel nous nous étendions.

Cette réflexion ranima le courage de la petite
fille. Elle essuya ses larmes, reprit sa prière et
supplia la mère du bon Dieu de permettre que le
lendemain elle pût s'emparer de la clef. Puis,
elle retourna à sa couche de paille, ferma les
yeux en priant encore, et dormit jusqu'au matin
d'un sommeil d'ange, d'un sommeil de bonheur,
bercée par des songes si beaux, que, lorsqu'elle
s'éveilla à la voix du bohémien, elle regretta de
ne pouvoir dormir toujours.

Cette journée lui parut plus longue encore
que celle de la veille. Ses inquiétudes furent
plus vives, ses angoisses plus poignantes. Ah !
si les fils du bateleur allaient arriver...., adieu
son riant projet, qui semblait ne plus avoir
d'obstacle ; car, chargée de la clef par François
Laurent, elle avait eu la bonne pensée de la
laisser tomber dans l'épais gazon qui avait poussé
sur le bord du chemin.

Les fils du comédien n'arrivèrent pas ; mais il
y eut une scène horrible quand François Laurent
demanda la clef.

Marie-Valentine, la rougeur au front, des
larmes dans les yeux, balbutia un mensonge.
C'était le premier qu'elle osait de sa vie.... Si le
bateleur eût connu l'innocence, il aurait certes
deviné, à l'embarras, à l'effroi de la petite fille,
au mouvement convulsif qui agitait ses lèvres,
au tremblement de sa voix, qu'elle déguisait la
vérité.

Le comédien était d'un caractère vif et em-
porté. Quelque grand que fût son désir de traiter

Marie avec douceur pour gagner son affection, il se laissa aller à de honteux excès et frappa durement la petite. L'enfant ne poussa pas une plainte. Élevée pieusement dans l'amour du bon Dieu et de la vertu, pénétrée d'une sainte horreur pour le vice et surtout pour le mensonge, dont le bon vieillard lui avait fait une si odieuse peinture, elle frappait sa poitrine en même temps que l'infâme déchirait ses épaules à coups de fouet, et elle murmurait en son âme : — Ce n'est que ce que j'ai mérité pour avoir si odieusement menti. Maintenant j'espère que le bon Dieu me pardonnera ma faute et bénira mon dessein.

François Laurent força la serrure, ordonna sévèrement à l'orpheline de se coucher et se disposa, ne pouvant enfermer la petite, à passer la nuit à la cabane.

C'était une chose à laquelle l'enfant n'avait point pensé, un obstacle qu'elle n'avait point prévu.

— O mon Dieu, murmura-t-elle bien bas, vous ne voulez donc pas que je revoie mon père ! Marie, ma bonne mère, jamais on ne vous a invoquée en vain....

Marie-Valentine espéra que le bohémien quitterait peut-être sa couche, quand, vers le milieu de la nuit, il penserait que l'enfant était bien endormie. Il n'en fut rien. Dix heures, onze heures sonnèrent, et il ne bougea pas.... L'orpheline était dans une anxiété impossible à décrire, et elle ne savait à quel parti s'arrêter. Attendre une journée encore.... Mais les fils du bohémien pouvaient arriver, mais la nuit prochaine la porte serait probablement bien fermée. Tenter de s'échapper.... Mais le bohémien pouvait bien l'entendre !

— Et cependant il faut que je voie mon père, répétait l'enfant avec douleur. Mon père.... Il meurt peut-être loin de sa fille !... Il s'est vingt fois sacrifié pour moi, et moi je craindrais de m'exposer pour lui à la fureur de ce méchant homme ?...

Et elle reprenait sa prière : « Marie, mère de Dieu, souvenez-vous que jamais on ne vous a priée en vain. »

Cependant le bohémien ronflait de toute la force de ses poumons.

L'enfant se leva à petit bruit, s'habilla dans les ténèbres, revêtant les riches costumes dont François Laurent lui avait fait présent et gagna la porte sur la pointe des pieds.

Là, son cœur battit à rompre sa poitrine. Le moment décisif était arrivé. Si elle parvenait à sortir sans éveiller le baleteur, tout était gagné; sinon....

— Ah ! sinon, c'est la mort peut-être, balbutiait Marie dans son effroi.

Et pourtant elle aimait mieux mourir que de traîner si misérablement sa pénible existence, loin de l'auteur de ses jours.

Elle répéta alors ces paroles consolantes que Pierre Morin avait murmurées tant de fois à son oreille, quand, assis pendant de longues heures dans le galetas de la Suzanne Benoît, il pressait

dans ses bras l'enfant de son amour et lui donnait
ses leçons de vertu : — Ma fille, à l'heure du danger, à l'heure du péril, invoque la divine mère
de Dieu et des hommes; car Marie, c'est l'étoile
de la mer, le secours des chrétiens, la consolatrice des affligés et l'espoir des plus désespérés.....

« Marie, je vous invoque, redit la petite après
un long silence, pendant lequel elle avait écouté
avec une naïve anxiété les sourds ronflements de
François Laurent. Marie, souvenez-vous qu'on ne
vous a jamais rien demandé que vous n'ayez ob-
tenu du bon Dieu. Moi, je vous conjure de me
rendre mon père. »

Le bohémien ronflait de plus en plus fort.

Marie saisit le loquet, le souleva lentement,
tira la porte. La porte cria bien un peu sur ses
gonds rouillés, mais le sommeil de François
Laurent n'en fut point interrompu, et l'orpheline,
debout sur le seuil, les yeux baignés de larmes
de reconnaissance, salua avec bonheur le
ciel, les astres, l'air, les champs, tout enfin, en
bénissant Dieu. Sa première action en se trouvant
libre fut une prière. Oh! jamais prière plus ardente n'avait sanctifié ses lèvres d'enfant...
« Mon Dieu, bénissez mon voyage, faisait-elle
en élevant vers la voûte étoilée ses mains qu'a-
gitait un tremblement convulsif; faites que mon
père ait la force de vivre jusqu'à mon arrivée;
car mon retour sera pour lui la vie et le bonheur.. »

Puis, elle se leva pleine de courage, pleine

d'espoir, suivit le chemin bien connu qui conduisait au pont de Kehl, tantôt courant, tantôt
marchant seulement à grands pas, s'arrêtant parfois pour se jeter à genoux et se recommander à
la bonne Vierge, causant familièrement avec son
bon ange, cet ange mystérieux que Dieu a donné
à chacun de nous, cet ange qui nous conduit
comme par la main pendant les jours nébuleux
du pèlerinage et que nous saluons avec amour
sous le nom à la fois béni et gracieux d'ange gardien... Ni le vent qui grondait sourdement à travers les branches des peupliers qui bordaient la
route, ni les ténèbres qui, de temps à autre, de-
venaient si épaisses, que l'enfant était obligée de
suspendre sa marche rapide, n'effrayaient l'orpheline. Elle n'avait qu'une pensée, une seule
pensée, son père, et elle ne voyait rien que son
bon ange. Dans sa naïve croyance, dans ses gracieuses illusions d'enfant, il lui semblait le com-
templer à ses côtés; elle n'entendait rien que le
murmure doux et suave de ce divin conducteur qui
redisait sans cesse : — Marche, marche, Marie-
Valentine... Courage! Tu reverras ton père.

Au point du jour, l'enfant traversa le pont de
Kehl. Son émotion fut grande, profonde, quand
elle mit le pied sur le sol français... Tel un exilé
revoit avec bonheur les lieux chéris qui l'ont vu
naître. Elle entra dans la ville toujours en courant.

Que nous regrettons de ne pouvoir mettre
sous les yeux de nos jeunes lecteurs toutes les
petites aventures du long voyage de notre héroïne,

de ne pouvoir redire son courage dans l'infortune, sa constance dans les obstacles qui renaissaient à tout instant sous ses pas, ses angoisses et ses joies, ses inquiétudes et ses espérances !

Il fallait que l'amour filial fût bien violent en son âme pour lui inspirer d'entreprendre seule, à pied, sans ressource aucune, un voyage de plus de quatre cents kilomètres...

Elle souffrit bien pendant les six jours qu'elle marcha. Obligée de mendier pour avoir du pain, pour avoir un gîte pendant la nuit, elle endura bien des refus, bien des humiliations, bien des affronts... Que de fois lui fallut-il coucher sur le bord du chemin ou sur le seuil d'une chaumière inhospitalière !

— Où vas-tu, enfant ? lui demandaient quelquefois les personnes qu'elle implorait et qui avaient pitié de sa jeunesse et de sa beauté.

Et l'enfant redisait naïvement son nom, son histoire, le nom de Pierre Morin et l'histoire du soldat aveugle.

— Mais comment appelles-tu celui qui t'arracha des bras paternels ?

— Hélas ! je n'en sais rien.

— Et le village qu'il habite ?

— Ce n'est pas un village, mais une chaumière abandonnée à quelques lieues de Kehl.

— Où vas-tu ?

— Je vais rejoindre mon père chez la Suzanne Benoît, rue des Noyers.

— Pauvre enfant !

Quelques bons villageois lui faisaient de temps

à autre faire une bonne trotte en charrette,
d'autres cheminaient auprès d'elle, lui faisaient
dire et redire ses malheurs. Il y avait tant de
grâce, tant de charmante naïveté dans ses récits !

Dans un humble hameau de la Lorraine, le bon
curé, à qui elle demanda quelques secours, frémit en songeant aux dangers de toutes sortes que
courait l'orpheline ainsi abandonnée.

— Ne crains-tu pas, lui dit-il, qu'un autre
t'entraîne loin du chemin que tu dois suivre et
te ravisse pour toujours à l'amour de ton père?

L'enfant tressaillit... Jamais elle ne s'était ar-
rêtée à cette pensée désolante.

— Écoute, ma fille, continua le digne homme,
tu es innocente et candide ; je crois donc ton histoire ; car elle est possible, tout extraordinaire
qu'elle semble au premier abord, et je te porte
un sincère intérêt. Mais, pauvre enfant, tu as
marché toute une semaine et tu n'es encore qu'à
cent huit kilomètres de Strasbourg. Ce n'est pas
encore le quart du chemin. Crois-moi, repose-toi
demain.

— Me reposer ! interrompit l'orpheline. Oh !
non, oh ! non... Et mon père ! mon père qui peut-
être languit de douleur et de désespoir dans
l'attente de son enfant !...

— C'est demain le jour du Seigneur, reprit le
saint homme, et quiconque ne respecte point ce
jour est maudit de Dieu... Viens avec moi et
crois-moi. Quand demain tu auras demandé la
bénédiction divine, tu seras plus forte encore et

plus courageuse. Et puis la Providence veille avec sollicitude et amour sur ceux qui sont bons et fidèles. Or, parce que tu es une bonne fille, Marie-Valentine, peut-être cette Providence si bonne et si secourable te donnera-t-elle les moyens d'achever ton voyage en moins de temps.

— Comment! je pourrais obtenir cela de la bonne Vierge? s'écria naïvement l'enfant. Oh! jamais je n'aurais osé lui demander d'abréger le chemin; car c'eût été demander un miracle.

Le digne ecclésiastique sourit avec bonté et emmena Marie au presbytère. La touchante piété de cette enfant, son amour filial le remplissaient d'admiration.

Le lendemain elle fut l'édification de toute la paroisse.

— Je suis bien pauvre, Marie-Valentine, fit le bon prêtre, quand, le soir, après les offices, il se retrouva chez lui avec l'orpheline, je suis bien pauvre, mais la Providence est riche et puissante.

Ce disant, il emmena la petite sous le grand chêne de la prairie où les jeunes gens et les jeunes filles du village dansaient en rond au son du chalumeau et sous les yeux de leurs parents. Tous accoururent au-devant du vénérable pasteur, qu'ils nommaient leur père.

— Mes enfants, fit celui-ci en élevant ses mains pleines de grâces et de bénédictions sur son troupeau chéri, il n'y a pas de mal à terminer le dimanche par des plaisirs innocents; mais ce serait mieux encore de sanctifier ces plaisirs par la charité.

Et il redit la touchante histoire de Marie-Valentine, son admirable dévouement pour son père, et les larmes coulèrent de tous les yeux, et les gros sous tombèrent dans le tablier de la pauvrette, qui pleurait aussi, agenouillée aux pieds du bon curé.

Quand chacun eut déposé son offrande, on fit le compte. Il y avait 29 fr.; car les riches s'étaient montrés généreux.

Avec 29 fr., Marie pouvait aller en diligence, et bien des voix s'élevèrent pour lui procurer des provisions de voyage.

Ces bonnes gens comprirent que la gentille orpheline avait hâte de revoir son vieux père, de calmer ses inquiétudes et sa douleur; aussi tout le monde proposa-t-il comme une partie de plaisir de l'accompagner jusqu'à la ville voisine, où passait la diligence qui allait de Strasbourg à Paris.

On partit, conduisant en triomphe et le bon curé et l'aimable enfant, que toutes les mères montraient avec attendrissement à leurs filles comme le modèle achevé de l'amour filial.

VIII.

Le cœur de Marie-Valentine battit bien fort quand, ayant quitté la diligence et étant parvenue, à force de renseignements, à la rue des Noyers, elle mit le pied sur le seuil du garni de Suzanne Benoît.... Allait-elle retrouver son père?

— Cette pensée était amère, cruelle, déchirante.

La pauvre petite éprouva une telle émotion, de telles angoisses, qu'elle se laissa tomber sur ce seuil, pâle d'effroi et de stupeur, muette de crainte et de désespoir.

— Tiens! c'est Marie-Valentine, fit une voix bien connue, celle de Suzanne, l'hôtesse.

— Mon père! s'écria l'enfant au milieu de ses larmes et en étendant vers l'odieuse femme des bras suppliants.

— Voilà du beau! dit à son tour une commère

6

aux joues rebondies et enluminées, qui se pavanait
dans le comptoir de dame Benoît et qui n'était
autre que la Catherine, la méchante hôtesse de
Mariette. Et ce pauvre François Laurent qui a tout
sacrifié pour avoir l'enfant, et l'enfant qui lui
échappe ! Pain bénit, du reste, pain bénit ; car
c'est un vilain homme que ce maudit Turc. C'est
un voleur ! Quand on pense qu'il me doit 87 fr....
Mais j'ai une idée, Suzanne. Si tu veux , je ren-
trerai dans mon dû, et je te ferai avoir un boni.
S'agit seulement.... Mais de telles choses ne peu-
vent se dire tout haut.

— Mon père ! répétait l'orpheline avec égarement, sans prêter l'oreille à cette odieuse con-
versation et sans avoir la force de quitter le seuil
où elle était agenouillée. Oh ! dites-moi, de grâce,
mon père vit-il encore?...

Les deux mégères se mirent à rire de ces an-
goissés de la pauvre enfant.

— Tiens ! s'il vit ! s'écrièrent-elles d'une seule
voix. En voilà bien d'une autre ! Certainement
qu'il vit. Il a bien pleurniché un peu, mais va,
Marie-Valentine, il ne pense plus à toi.

— C'est un mensonge ! balbutia l'enfant en re-
merciant Dieu de lui avoir conservé l'auteur de
ses jours. C'est un horrible mensonge ! Le bon
aveugle n'oublie pas ainsi ses enfants , puisqu'il
pleure chaque jour encore la petite sœur qui est
morte là-bas au village.

Le bonheur si grand qui avait succédé dans le
cœur de l'orpheline aux poignantes angoisses qui
le déchiraient un instant auparavant avait ôté à

Marie les dernières forces qui lui restaient, et elle était plus incapable encore de faire le moindre mouvement.

— Ne voilà-t-il pas qu'elle reste là comme une statue! s'écria la Benoît en riant aux éclats.

La Catherine dit quelques mots à l'oreille de son odieuse compagne. Un éclair de bonheur passa rapide sur le front de ces deux femmes.

— C'est cela, firent-elles. Convenu! Oh! la bonne aubaine!

— Ecoute, Marie-Valentine, dit alors Suzanne en prenant par la main la gentille Marie et en l'entraînant dans l'arrière-boutique, il ne faut pas aller tout de suite trouver ton père. Ton père, nous ne voulions pas te l'avouer, mais il a manqué mourir de douleur.

— Oh! je le savais bien! murmura l'orpheline en levant vers le ciel un regard de reconnaissance et de prière.

— Eh bien! reprit la Benoît, tu vas rester avec nous pendant deux ou trois jours; et pendant ce temps nous allons préparer ton père au bonheur qui l'attend; car, vois-tu, Valentine, la joie a des émotions plus vives encore que la douleur, la joie fait quelquefois mourir.

— Pour l'amour, pour le bonheur de mon père, je suis prête à tous les sacrifices, soupira l'enfant, et j'attendrai, Suzanne, j'attendrai le temps que vous voudrez. Mais le vieillard est aveugle, vous me laisserez le contempler en silence. Ah! je ne dirai rien, je vous l'assure. De grâce, ne me refusez pas.... Je sens que je pourrais mourir, si je ne voyais pas mon père!

L'hôtesse, pour la première fois de sa vie peut-être, sentit une larme d'attendrissement mouiller sa paupière.

— Eh bien! viens, Marie-Valentine, fit-elle, je vais te conduire. Mais surtout pas un mot, pas un gémissement, pas un soupir qui révèle ta présence. Tu ne voudrais pas causer la mort de ton père?

L'enfant gravit silencieuse avec son infâme compagne les degrés de l'étroit et obscur escalier qui conduisait au galetas du vieillard. La porte de l'infect réduit était entr'ouverte, et Valentine s'agenouilla sur le seuil.

Assis sur son grabat, Pierre Morin comptait et recomptait les pièces d'argent que contenait un sac posé à ses pieds. Des pleurs abondants sillonnaient les joues pâles de l'aveugle, ses lèvres et ses mains tremblaient.

— Mon enfant! murmura-t-il enfin après un long silence. Ah! qui me rendra mon enfant?... 600 fr., c'est une fortune. Mais je les donnerais de bon cœur pour avoir mon enfant!... Mon Dieu, je vous offre ma vie pour celle de mon enfant!... Je vous demande seulement de presser une fois encore dans mes bras paternels l'objet de mon amour; et quand j'aurai entendu sa voix suave me redire ce doux nom qui fait mon bonheur, ce doux nom de père, eh bien! Seigneur, si vous le voulez, je mourrai.... Oh! je mourrai en vous bénissant, si, à mon heure dernière, ma main peut presser la main de mon enfant....

Pleurant en silence, Marie-Valentine étendait les bras vers l'aveugle et lui souriait avec bonheur.

Ah ! pourquoi le vieux soldat ne pouvait-il voir cet ange, cet ange sauveur que le bon Dieu ramenait vers lui ?

Après quelques instants, Suzanne fit signe à l'enfant de la suivre. Mais l'enfant était si bien en contemplation devant ce père qu'elle chérissait avec une si vive tendresse. Il fallut que l'odieuse femme murmurât à voix basse :

— Marie-Valentine, je vais dire tout haut que tu es là, et ton père mourra peut-être.

A ces mots, qui la firent tressaillir, la jeune fille se leva et descendit heureuse et résignée.

Suzanne Benoît l'enferma dans une petite chambre, en lui recommandant bien de n'y pas faire de bruit et lui promettant d'aller aussitôt porter à son père des paroles d'espoir et de bonheur.

En effet, quelques minutes après, cette femme et la Catherine montaient l'étroit escalier.

Laissons la gentille Marie remercier Dieu et la bonne Vierge, et suivons les deux commères dans le galetas du pauvre aveugle.

— Je viens t'annoncer une bonne nouvelle, Pierre Morin, dit Suzanne en s'asseyant sans façon sur le grabat et en faisant signe à Catherine de prendre place à côté d'elle.

— Mon enfant ! balbutia l'aveugle avec bonheur.

— C'est que, reprit l'infâme, c'est que j'ai

une payse qui fait métier de ramasser les enfants perdus ou volés. Elle vient t'offrir ses services.

— J'ai des indices, bon vieillard, dit à son tour
Catherine d'un ton doucereux, des indices cer-
tains pour votre petite. Mais, dame! il faut de
l'argent, voyez-vous; car, dans ce bas monde,
sans argent, on ne mène rien à bonne fin. Pour
votre fille, il s'agit d'un long voyage, et 300 fr....
Mais je vous la ramènerai, Pierre Morin, je vous
la ramènerai certainement.

— Mon enfant!... s'écria le bon vieillard. Mon
Dieu! j'aurais la joie, le bonheur de presser encore mon enfant dans mes bras!... Tenez, Suzanne
Benoît, ajouta-t-il en tendant le sac d'argent à
l'hôtesse, voilà ma fortune, mon trésor, mon
héritage.... Mais l'argent n'est rien pour moi, et
je donne tout pour avoir mon enfant....

— Oh! pas tant de générosité, fit Suzanne; nous
sommes honnêtes avant tout.

Et elle compta à Catherine les 300 fr. qu'elle
avait demandés.

— Vous me devez 290 fr. pour les deux années
que vous avez passées dans mon garni, ajouta-
t-elle, je me paie.

Elle rendit à l'aveugle les deux pièces de 5 fr.
qui lui restaient des 600 fr. que lui avait envoyés
le bon curé, produit de la vente du petit bien des
Morin au hameau natal.

Deux jours se passèrent dans l'anxiété et l'espérance pour le vieillard, dans l'attente et le bonheur pour l'orpheline. Enfin, le moment tant

désiré arriva, et Marie-Valentine, conduite par Catherine et Suzanne, tomba dans les bras de son père.

— Maintenant, je puis mourir, ô mon Dieu ! balbutia l'aveugle en pressant sa fille sur son cœur, je puis mourir, puisque j'ai béni mon enfant !

Mais n'ajoutons rien. N'essayons pas de redire les transports de joie et de bonheur du père et de la fille. Des scènes remplies de tant d'émotion et d'amour ne s'écrivent pas.

Suivirent des heures pleines de charme, des jours délicieux pour l'aveugle et sa fille.... Enlacés dans les bras l'un de l'autre, se prodiguant mutuellement les plus tendres caresses, ils redisaient leurs angoisses, leur douleur, et leurs récits touchants augmentaient leur amour. Le vieillard pleurait en bénissant l'enfant de sa Louisa, quand la naïve orpheline lui racontait en sanglotant les paroles du bon curé et la charité des villageois lorrains.

— Ma fille, Dieu te rendra le bien que tu me fais, murmurait Pierre Morin en embrassant de nouveau son enfant. Tu seras heureuse un jour, mon cœur me le dit ; car le Seigneur ne laissera certainement pas sans récompense ton dévouement et ta piété filiale.

En attendant ce bonheur à chaque instant prophétisé par le bon aveugle, de nouvelles infortunes vinrent affliger le vieux soldat et son enfant.

Suzanne Benoît, n'ayant plus rien à attendre du

sergent, puisqu'elle avait su adroitement s'emparer de sa petite fortune, osa porter sur l'aimable orpheline l'accusation la plus odieuse, la
plus absurde, la plus mensongère. Marie-Valentine l'avait volée, disait-elle, lui avait pris dans
son comptoir une pièce de 5 fr. Elle monta
comme une furieuse au galetas, ordonna durement au vieillard et à son enfant de descendre,
et, devant l'infâme compagnie qui trinquait dans
la salle basse, reprocha à la petite sa noire ingratitude. Pierre Morin demanda des explications
et apprit avec douleur, avec désespoir, l'accusation portée contre son enfant.

Comment convaincre cette femme de l'innocence de la fille de Louisa?

L'aveugle employa toute son éloquence; mais
ses paroles, qu'il entremêlait de tant de sanglots
et de larmes, furent accueillies par des moque-
ries, par des rires insultants, et on l'accabla de
reproches et d'injures.

— Ah! si j'avais mes yeux, murmura le vieillard, je vous ferais sentir le poids de mon bras,
et vous verriez s'il est bon d'insulter un vieux
soldat d'Austerlitz et d'Aboukir.

Marie-Valentine crut prudent d'entraîner son
père hors de la boutique.

— Tiens! en voilà bien d'une autre! vociféra
Suzanne, ils s'en vont sans me payer.

Pierre Morin répondit qu'il abandonnait volontiers les quelques vêtements, présent de François
Laurent, que Marie avait laissés dans le galetas,
et sortit de cette infâme maison, où il avait tant
souffert.

L'aveugle et sa fille marchèrent longtemps en silence et au hasard. Où diriger leurs pas? Qui leur donnerait du pain et un gîte? Leur fallait-il donc mendier? Marie-Valentine était résignée à tout, pour que son père ne souffrît point; mais elle se demandait avec effroi ce qu'était devenu ce sac d'argent que, le jour de son retour, elle avait vu aux pieds de son père, et dont cependant le vieillard ne lui avait pas parlé. Elle hasarda quelques questions.

— Père, fit-elle de sa voix la plus douce, la plus tendre, père, croyez-vous donc au mensonge inventé par Suzanne? et n'aimez-vous plus votre enfant, que vous pleurez sans rien dire?

Le vieillard étouffait; il ne put répondre; mais il pressa sa fille sur son cœur paternel et l'étreignit dans d'étroits embrassements.

— Père, fit encore Marie après un long silence, père, la cabane est vendue?

Pierre Morin ne répondit que par un geste affirmatif.

— Et l'argent? balbutia timidement la petite.

Le soldat hésita d'abord à dire à son enfant qu'il avait tout donné pour racheter sa fille si chérie, puis il avoua tout enfin.

— Mais, père, j'étais revenue, puisque je vous ai vu compter cet argent quand Suzanne m'empêchait de me jeter dans vos bras pour ne pas vous faire mourir de joie.

— Ah! elle ne craint pas aujourd'hui de me faire mourir de douleur! soupira le pauvre homme en sanglotant et en reconnaissant avec

6.

désespoir qu'il avait été victime d'un vol audacieux.

Mais que dire? que faire? A qui réclamer? Quelle preuve donner de la vérité de ses paroles, puisque la chose s'était passée dans le secret, puisqu'il ignorait même quelle était cette femme à qui Suzanne avait compté les 300 fr. demandés?

— Ne pensons plus à cet argent, mon enfant, dit le bon vieillard, après avoir longtemps pleuré, ne pensons plus à cet argent, puisqu'il est à jamais perdu. Il m'a été volé, c'est évident. Mais ne soupçonnons personne, car le soupçon est un mal devant le Seigneur. N'accusons même pas Suzanne Benoît, bien que toutes les preuves soient contre elle ; car Suzanne Benoît a pu être trompée elle-même.

— Oh ! père, Suzanne est une vilaine femme, capable de tout....

L'aveugle posa la main sur la bouche de l'enfant.

— Ne jugeons pas les autres, Marie-Valentine, fit-il ; car il n'appartient qu'à Dieu seul d'absoudre et de condamner.

— Père, reprit encore l'orpheline, je n'ai qu'un désir, c'est qu'elle souffre le quart de ce qu'elle nous fait souffrir aujourd'hui....

— Tu parles en insensée, ma fille, interrompit l'aveugle, et tu méconnais la loi divine du christianisme.

Et il rappela à l'enfant attentive ces paroles du Sauveur: « Vos pères disaient œil pour œil, dent pour dent, et moi je vous dis qu'il faut rendre le bien pour le mal. »

— Rendre le bien pour le mal, répéta la petite, tâchant d'arracher de son cœur les sentiments de haine qui le souillaient, et de mettre en leur place le pardon des injures et l'esprit de charité.

Telles étaient les leçons du bon père, du digne père, et la fille de l'aveugle recueillait avec bonheur ces aimables instructions, ces doux enseignements de vertu, et Dieu souriait, du séjour de sa gloire, au vieillard qui le faisait connaître et aimer, à l'enfant si docile dont toute l'application était de graver en son âme les leçons du bon Morin, et de mettre en pratique la sainte et divine doctrine qu'il lui révélait.

— Où sommes-nous, Marie-Valentine ? demanda le vieillard, quand ils eurent bien longtemps marché et que les sons plaintifs d'un orgue de Barbarie vinrent frapper les oreilles de l'aveugle.

— Au pont Royal, balbutia l'enfant.

Pierre Morin comprit, au léger tremblement de voix de sa fille chérie, que les mêmes pensées qui le torturaient déchiraient aussi l'âme de sa Valentine. Il soupira et continua à marcher en silence. On arriva ainsi au pont des Invalides. Alors, les ténèbres commençaient à couvrir Paris.

— Père, j'ai peur, bien peur, fit l'enfant en pressant de ses deux mains brûlantes la main du vieillard. C'est ici que Mariette.... c'est ici que le vilain homme du pont de Kehl....

Pierre Morin avait peur aussi. Il s'éloigna à

grands pas de ce lieu funeste, et, pour la première fois, parla de Mariette à son enfant. Mariette n'était point morte, mais elle avait perdu
la raison, et elle languissait dans un hospice
d'aliénés.

Au Gros-Caillou, l'aveugle trouva un sale garni,
moyennant les quelques sous qui lui restaient;
mais ni lui ni Marie-Valentine ne purent goûter
un instant de repos : le lendemain leur apparais-
sait si terrible !...

— Plus de pain !... soupirait le vieillard en sanglotant, lorsqu'il croyait sa fille bien endormie,
plus de pain !... O ma chère Marie, que ne par-
tages-tu pas la froide couche de ta sœur? Je
souffrirais seul, je souffrirais moins; car mon
plus grand désespoir, ce sont tes douleurs, à
toi, les douleurs d'enfant.... Mon Dieu! ne ré-
compenserez-vous jamais sa piété filiale, sa
douce vertu ?...

Cette prière, qui s'élevait naïve et ardente du
cœur du vieillard, à tout instant du jour, ramenait toujours le calme et l'espoir à son âme désolée. Un secret pressentiment, une voix inconnue, celle d'un ange, peut-être lui disait
tout bas qu'après la fatigue viendrait le repos;
après le travail, le salaire; après la résignation,
la récompense; après les maux et les tribula-
tions, des jours plus heureux. Mais ce n'était
point pour lui qu'il demandait le bonheur, le
bon vieillard, c'était pour son enfant.

Vers le matin, Marie-Valentine s'endormit. Bien
des fois l'aveugle l'appela doucement comme il

avait coutume. N'obtenant aucune réponse, une crainte affreuse le saisit : lui aurait-on ravi son enfant?... Il se leva tremblant, se traîna jusqu'au grabat de la petite, tâta son beau visage tout humide encore de larmes, ses mains que l'insomnie avait rendues brûlantes, et, s'agenouillant en silence, attendit dans la prière et la méditation le réveil de sa fille chérie. Enfin, Marie-Valentine ouvrit les yeux, se jeta en sanglotant dans les bras du vieillard....

Quel réveil, mon Dieu ! quel réveil que celui du pauvre, quand le pauvre n'attend plus qu'humiliations et souffrances !...

Deux heures après, l'aveugle était agenouillé au bas du pont Royal, son pauvre bonnet à la main, le visage sillonné de larmes amères, les lèvres tremblantes.... Marie-Valentine tendait timidement la main aux passants, ne demandant rien, ne disant rien, mais suffoquant de sanglots et montrant son père.... Plus d'un cœur insensible se laissa émouvoir par ce spectacle déchirant, et les aumônes furent abondantes.

Le lendemain, le surlendemain virent l'aveugle et son enfant à la même place, le vieillard toujours agenouillé, Marie-Valentine s'avançant au-devant de ceux qui traversaient le pont, toujours affligée, silencieuse, la rougeur sur le front et des larmes dans les yeux.

Le soir du troisième jour, Pierre Morin et sa fille étaient presque riches.

— Père, nous avons de quoi nous loger et manger pendant huit jours, observa la petite. Si vous vouliez suivre mon idée ?... C'est si terrible de mendier !

Le vieux soldat pensait comme son enfant.

— Dis, mon ange, dis, fit-il en comblant l'infortunée des plus douces caresses.

— Eh bien ! père, vous pourriez faire un petit commerce, vendre des allumettes, par exemple, et moi qui suis en âge de travailler....

— Oh ! ne me quitte pas, Marie-Valentine, j'aimerais mieux mourir....

— Non, père, je ne vous quitterai pas d'un instant ; au contraire, je resterai près de vous, tout près de vous. Je sais assez bien coudre ; si notre hôtesse veut bien nous donner quelque ouvrage....

Pierre Morin applaudit à toutes ces bonnes pensées.

L'hôtesse était une bonne et digne femme.

— C'est bien, ma fille, répondit-elle, quand Marie-Valentine lui présenta sa requête, je t'approuve : vaut mille fois mieux travailler que tendre la main.

Elle donna quelques mouchoirs à ourler.

La fille de l'aveugle, au comble de la joie, ramena son père au pont Royal, avec une petite provision d'allumettes qu'elle étala sur les genoux du bon vieillard ; puis elle s'installa auprès de lui et se mit à coudre.

Les recettes furent plus modiques.

— Mais, au moins, répétait l'aveugle après son enfant chérie, c'est de l'argent bien légitimement gagné.

Souvent, bien souvent, de bonnes mères s'arrêtaient pour faire admirer à leurs enfants l'aimable fille qui, dans sa naïve simplicité, prodiguait ses soins et ses caresses à l'aveugle sur le pont Royal comme dans le galetas, devant l'aimable fille qui travaillait avec tant d'ardeur pour nourrir son vieux père, tout en recueillant avec bonheur et amour les pieuses leçons de vertu que le vieillard continuait à voix basse.

Le dimanche, on le passait à l'église. Morin conduisait aussi sa fille au catéchisme; car elle se préparait au grand jour de la première communion.

— Mon enfant, disait le bon père, quand Marie-Valentine parlait de ce jour si heureux, le plus beau de la vie, prie et espère; car le Dieu qui s'est fait pauvre pour sauver les hommes a d'ineffables caresses pour ceux qui sont pauvres aussi et qui supportent avec patience et courage les maux dont il plaît à la divine providence de les accabler. Oui, prie et espère; car le Dieu que tu vas recevoir est infiniment puissant, et il peut, s'il veut, changer en jours de joie nos plus mauvais jours de tristesse et de douleur.

IX.

Il y avait déjà plusieurs mois que l'aveugle et sa fille venaient au pont Royal régulièrement tous les jours, à l'exception du dimanche, quand, par une belle matinée de septembre, Marie-Valentine, levant par hasard ses yeux, qu'elle tenait constamment attachés sur son ouvrage, aperçut une sœur de charité dont le visage lui était connu.

— Sœur Marguerite ! fit-elle en s'élançant au-devant de l'humble religieuse qui soutenait la marche chancelante d'une femme jeune encore, mais au visage flétri par la douleur.

Cependant Marie-Valentine s'agenouillait aux pieds de la fille de Saint-Vincent de Paul, la suppliant de lui donner sa bénédiction; bénédiction précieuse et puissante....

— Qui êtes-vous, ma fille ? demanda sœur Marguerite, en étendant la main sur la tête de l'orpheline et en la baisant au front.

Marie-Valentine montra son père ; mais la religieuse avait oublié le vieillard aveugle et son enfant.

— C'est vous, ma sœur, ma mère, balbutia la jeune fille, c'est vous qui avez recueilli le dernier soupir de l'ange qui était la seconde fille de l'aveugle, il y a des années déjà, dans une pauvre grange d'un petit village de Picardie.

Sœur Marguerite s'approcha de Pierre Morin, fit asseoir la dame qu'elle accompagnait sur l'escabelle de Valentine, et s'informa avec bonté de l'état du vieillard. Au bout de quelques minutes, elle voulut continuer sa route.

— Nous allions faire une visite de charité, observa la dame. Ne remplissons-nous pas notre but en restant près du vieux soldat ?... Dites-moi, mon brave, ajouta-t-elle, en s'adressant à Pierre Morin, dites-moi bien vos malheurs, votre misère. Mais sachez, reprit-elle presque aussitôt avec des larmes dans la voix, sachez que ce n'est point la fortune qui fait le bonheur. Moi, je suis riche, immensément riche, et je suis la plus malheureuse créature qui soit au monde. J'avais une fille, ma consolation, ma joie, mon amour, mon bonheur....

— J'avais deux filles, murmura l'aveugle en sanglotant, et....

Sœur Marguerite craignit pour sa malade les suites d'une trop grande émotion.

— Continuons notre promenade, fit-elle pendant que la jeune femme pressait dans ses mains brûlantes la main décharnée du vieillard. Demain, Pierre Morin viendra à votre hôtel, et, si vous le souhaitez, il vous fera ses récits. Vous serez peut-être plus forte ou plus courageuse....

Sœur Marguerite, après un dernier baiser donné à Marie-Valentine, entraîna la jeune dame, en disant pour adieu au vieillard : — Demain, à onze heures, rue de Verneuil, 22. Vous demanderez la comtesse de Saint-Céran.

Ce nom fut un coup de foudre pour le vieux soldat. Une pâleur mortelle couvrit son visage, des pleurs plus abondants sillonnèrent ses joues amaigries.

— Elles diront que c'est leur fille, répétait-il en son âme, et je resterai père sans enfant....

Si Pierre Morin n'eût été fervent chrétien, il eût accusé la Providence. Il tâcha de cacher sa douleur à Marie-Valentine. Le lendemain, il ne voulut pas aller au pont Royal.

— Nous resterons au garni tout le jour, dit-il à son enfant.

La fille de l'aveugle s'inquiéta : le vieillard était-il souffrant ? Et cette sombre tristesse répandue sur tous ses traits, cette pâleur inaccoutumée, ces pleurs plus abondants, ces caresses plus souvent réitérées encore ? Elle hasarda quelques questions, mais le vieux soldat ne lui répondit que par des pleurs et des caresses. Marie-Valentine pleura aussi.

Dans l'après-midi, quelques coups légers

frappés à la porte firent tressaillir et le père et
l'enfant. C'était sœur Marguerite. Marie-Valentine l'accueillit avec transport comme un ange
sauveur. Pierre Morin laissa échapper un cri
d'effroi. Mme de Saint-Céran attendait le vieillard,
et sœur Marguerite avait inutilement cherché le
vieillard sur le pont Royal. Mais d'autres men-
diants avaient bien su indiquer le réduit du
vieux soldat.

— Je vous apporte le bonheur, mon brave, fit
la bonne religieuse en entrant dans le galetas.
Plus de misère, plus d'inquiétudes, plus de
larmes. Vous aurez de beaux jours dans votre
vieillesse, et l'avenir de votre fille sera à jamais
assuré. C'est un coup de la Providence.... Mme de
Saint-Céran a perdu une fille qui lui a été volée
quelques mois après sa naissance. Le comte en
est mort de douleur. Hier, la malheureuse veuve
a cru reconnaître sur le visage de Marie-Valentine les traits de son noble époux. Elle sait bien
que la fille de l'aveugle n'est pas son enfant,
mais la vue de l'orpheline adoucira sa douleur.
« Je serai sa mère, s'est-elle écriée, si elle veut
partager son affection entre l'aveugle et moi. »

— Ma fille ! ma fille ! murmurait le vieillard
pendant ce discours, en pressant Marie-Valentine sur son cœur et l'inondant de larmes, comme
il l'avait pressée sur le pont des Invalides pour
ne la laisser point toucher par Mariette. Oh !
laissez-moi, ma fille ! J'aime mieux ma misère,
mes inquiétudes et mes larmes, que de perdre le
cœur de mon enfant.

— Je vous aime comme mon père, s'écria la jeune fille en comblant à son tour le vieillard des plus tendres caresses, et j'aimerai Mme de Saint-Céran comme une bienfaitrice. Père, ce n'est pas le même amour....

— Bien vrai?... demanda l'aveugle. Ah ! n'es-tu pas heureuse avec moi, mon enfant? ajouta-t-il après une légère pause. Dis-moi, Marie ...

— Mon père, vous savez bien que j'ai refusé toutes les offres d'honneurs, de richesses et de plaisirs de l'inconnu du pont de Kehl; ce n'est donc pas pour moi que je souhaite que vous acceptiez l'offre de Mme de Saint-Céran, c'est pour vous. Je souffre tant de vous voir souffrir !

Après bien des prières, l'aveugle se laissa conduire par la bonne sœur et sa fille chez la comtesse de Saint-Céran. Il y fut reçu en frère chéri, Marie-Valentine en fille bien-aimée.

— Ma fille se nommait aussi Valentine, murmura la noble dame.

Le vieillard tressaillit et soupira.

Suivirent pour l'aveugle et sa fille des jours de bonheur. Comme l'avait dit la bonne sœur, plus de misère, plus d'inquiétudes, plus de larmes. Et pourtant le visage du vieillard resta triste et sombre; pourtant des pleurs sillonnèrent plus d'une fois encore ses joues ridées.

— Qu'avez-vous donc, mon père? Oh! de grâce! qu'avez-vous? disait alors Marie-Valentine en redoublant de caresses et d'amour.

— Je pleure mon enfant, murmurait Pierre Morin.

Et Marie-Valentine, respectant cette douleur si légitime, pensait à la petite sœur qui dormait au cimetière, et mêlait des pleurs de pieux souvenir aux pleurs d'amour de son père.

Ainsi se passèrent plusieurs années, pendant lesquelles la fille de l'aveugle grandit en vertus et en grâces, mais pendant lesquelles aussi le vieux soldat s'inclina vers la tombe, malgré tous les soins, tout le bonheur dont il était entouré.

Marie-Valentine avait dix-huit ans quand se leva sur l'hôtel de Saint-Céran un bien triste jour : Pierre Morin, malade depuis quelque temps déjà, touchait à ses derniers moments.

A l'heure suprême, il fit éloigner la jeune fille qui avait toujours été sa joie, sa consolation, son bonheur.

— Madame, dit-il alors en s'adressant à la comtesse, j'ai payé vos bienfaits par la plus noire ingratitude.... Oh! oui, je ne suis qu'un misérable.... Mais donnez-moi un généreux pardon maintenant que je vais paraître devant mon juge....

Et l'infortuné révéla à l'heureuse mère le secret de la naissance de leur enfant.

— La femme du bohémien, ajouta le vieillard, la femme du bohémien, maintenant parfaitement guérie de sa folie accidentelle et retirée près de ses filles à Notre-Dame-de-Charité, vous dira tout.

Quelques instants après, l'aveugle expira dans les bras de celle que pendant dix-huit ans il avait nommée sa fille bien-aimée.

X.

Mariette remit à Mme de Saint-Céran un petit médaillon que l'enfant portait au cou quand le bateleur l'avait arrachée à l'amour de ses parents. Mais la comtesse n'avait pas besoin de cette nouvelle preuve pour reconnaître son enfant; car les traits de l'aimable fille étaient ceux du noble comte.

Marie-Valentine embellit les jours de sa mère comme elle avait embelli ceux du bon vieillard qui s'était montré pour elle père si tendre et si dévoué. La comtesse, au comble du bonheur, ne vécut que pour son enfant. Mais elle ne la posséda pas longtemps, cette fille qu'elle avait tant pleurée. Dieu la lui demanda pour en faire un de ses anges de charité, la providence du pauvre sur la terre.

Mᵐᵉ de Saint-Céran accomplit généreusement son sacrifice. Elle obtint de suivre la jeune fille au couvent, de l'accompagner ensuite à Bordeaux, où elle mourut peu après dans ses bras.

Maintenant, Marie-Valentine, attachée à une des communautés de Saint-Vincent de Paul, se consume en charité et en dévouement, et fait partout bénir celle que l'on nomme encore l'aimable *fille de l'aveugle.*

FIN.

Rouen. — Imp. MÉGARD et Cᵉ, rue Saint-Hilaire, 136.

www.ingramcontent.com/pod-product-compliance
Lightning Source LLC
Chambersburg PA
CBHW070818250626
47170CB00006B/2145